U0012739

願いを叶える雑貨店

黃昏堂

心想事成雜貨店

2

【黃銅鳥】

桐谷直 著　詹慕如 譯

序曲

PROLOGUE

——喂！你聽說那間奇怪的店了嗎？

——我知道我知道。叫「黃昏堂」對吧？最近這附近好像有人看過呢。

——什麼？什麼黃昏堂？

——你不知道嗎？是一間很神奇的雜貨店，可以用一部分的回憶去交換能實現任何心願的神奇道具。

——回憶會被拿走嗎？……感覺很可怕耶。

——也是啦，不過如果是想忘記的回憶那不是剛剛好嗎？

——確實是，我也有很多不想回憶起來的黑歷史笑。

——店主態度雖然很冷淡，可是聽說長得超帥，肩膀上還停了一隻機械鳥。

——帥哥店主嗎？那是你的心願吧？（笑）

——欸……你剛剛說神奇的道具，比方說什麼東西啊？

——可以種出一模一樣東西的培養土、讓對方吃下後一定會愛上自己的堅果巧克力、瞬間封存靈魂的石頭、自由改變自己形象的畫框。

——好想去喔。失去回憶也無所謂，我有很想實現的心願。

——喔，勇者出現了。（笑）

——到時候再麻煩實況轉播喔！（笑）

——那間店會在黃昏時出現。只有帶著強烈心願的人才能拿到那張不可思議的傳單，而且一旦拿到的商品，無論如何都不能退貨。

——你知道好多喔。所以你也去過那間店嗎？

——……

——那個，不好意思，可以請問一下嗎……？現在是誰……跟誰在說話？

目次

contents

恐懼模擬器

一個臉色鐵青的男人突然襲來。

他伸出爪子、長出獠牙，身體轉眼之間變成一隻巨獸。

裕太一個輕盈閃身，躲過暴露出真面目的可怕敵人，舉起發著藍光的長劍。

「投降吧！我要讓你從這個世界消失！」

——就在這個瞬間，畫面一暗。

「啊！不會吧？怎麼了？停電了嗎？」

手裡拿著遊戲搖桿，裕太呆站在客廳電視機前。

抬起頭，站在面前的母親手裡拿著拔掉的遊戲機插頭。

「不是說好這星期不再玩遊戲了嗎？裕太！」

「是啦……但我想換換心情啊！」

「你視力跟成績都變差了耶。都六年級了，怎麼還一天到晚玩這些？」

又是那一套老掉牙的說教。真囉唆。

裕太大吼了一聲：「不玩就不玩！」生氣離開了客廳，衝出玄關。

「不公平！為什麼只有我這樣。很多朋友家裡都給他們買了最新遊戲機啊！」

黃昏街頭，裕太懷著滿腔無處發洩的怒火漫無目的地走著。

真想多玩一會兒遊戲。真希望不被任何人打擾，玩一場刺激滿點的遊戲。

就在這時候，裕太發現一張紙飛到自己腳邊。

「這什麼？」

那是一張黃褐色的特賣傳單。

上面用裝飾文字寫著「黃昏堂」，文字下方還有齒輪的圖樣。

「以驚人低價提供不可思議的雜貨，能立刻實現你的心願」

他很感興趣。明明是一張舊傳單，但上面寫的特賣日期竟然是今天。

傳單上怎麼找也找不到店家的地址和電話。

開店時間是「黃昏時分」。

而現在正是太陽西下的時刻，西方天空混雜了鮮亮橙橘色和夕暮的紫。

裕太又看了一次傳單，嚇了一跳。上面不知什麼時候又多了一些文字。

「僅限一位！【恐懼模擬器】，實際重現虛擬現實。只需戴上隱形眼鏡型模擬器，隨時隨地都能體驗遊戲中的恐懼滋味。」

是眼睛的錯覺嗎？還是什麼魔術戲法？裕太有些不安地抬起頭。

黃昏餘暉中，熟悉的街道竟讓人覺得有些陌生，他不由得一陣心慌。

這時，他忽然注意到從大馬路這邊看去的一條很昏暗的巷弄。

有一扇鑲嵌了大齒輪的門。霓虹燈飾的招牌上，幾個文字發出白色光芒。

「黃昏堂……就是那裡……！真的有這間店……」

奇妙的傳單，杳無人煙的巷弄裡氣氛詭異的雜貨店。

裕太心裡也很清楚，這不是一個小孩子該獨自踏進的地方。

但他實在無法壓抑自己對「隱形眼鏡型模擬器」的強烈好奇。

什麼是遊戲中的恐懼滋味？什麼叫隨時隨地都能體驗？

因為視力衰退戴了眼鏡的裕太，一直很嚮往戴隱形眼鏡。

「不管再便宜，應該都不是我買得起的價錢吧……去看看應該沒關係。」

強壓著心裡湧出的不安，裕太踏進了巷弄深處。

昏暗狹窄的店裡，可以聽到微弱的機械聲。

那是裝在牆上的幾個齒輪慢慢轉動的聲音。

到處散放的時鐘每個都顯示著不同的時刻。

有的鐘面數字反轉、有的整個倒掛，還有的使用從沒看過的文字。咕咕鐘跳出來的不是鴿子，而是奇妙的小鬼。

這是一個過去與未來交錯的不可思議空間。

兩邊的貨架上密密麻麻放著很多看不出該如何使用的道具。

裝了齒輪的鉛筆、形狀像墓碑的透明石頭、畫有機械鳥的卡片。

有古董畫框、復古手電筒，還有巧克力的盒子。

一個搖搖晃晃走在地上、長著蝙蝠翅膀的機械人偶。

他正在端詳一個閃爍微弱藍色光芒的頭部護具，突然一隻噁心的大蛾飛起來。他下意識地大叫了一聲「哇！」，往後退了幾步。

蛾在店內四處飛，停在低矮天花板的樑上慢慢收起翅膀。

天花板上吊著許多發出奇幻光芒大大小小的玻璃球。

他還陶醉在這些玻璃球的美，突然聽到一個清澈響亮的男人聲音。

「歡迎光臨。你是【恐懼模擬器】的客人吧？」

販售台對面有一個長相十分清秀俊美的年輕男人。

這個人應該是店主吧。留著一頭稍長的黑髮，有著令人印象深刻的黑色眼睛。

他身穿長袖白襯衫還有工匠風的褐色皮製圍裙，胸前口袋隨意地插著扳手跟螺絲起子。脖子上掛的古董風格護目鏡，左邊是羅盤形狀、右邊嵌著綠色玻璃。

店主肩上那隻黃銅鳥紅色眼睛發著光，稍微動了動。

（好像遊戲裡會出現的異世界魔法師喔！）

店主彷彿看透了裕太心裡在想什麼開口說道。

「我不是魔法師，但是我可以提供馬上能實現你心願的東西。」

他從身後貨架的抽屜裡取出一個小容器，放在販售台上。

那是一個上面有齒輪的金屬盒子，裡面有一組紅色隱形眼鏡。

「這是【恐懼模擬器】。戴上去之後就能從使用者的潛意識中感測到他最害怕的東西，驅動五感創造出虛擬現實的恐怖體驗。」

店主口吻相當平靜，就像在說明沒什麼大不了的事。

「每當克服一種恐懼，就會往上升級，直到使用者完全克服恐懼，或者拿下模擬器，模擬才會結束。」

「……所以是類似虛擬實境動作遊戲那種東西嗎？」

聽到裕太這麼問，店主端整的五官終於出現了表情，臉上浮現諷刺的笑。

「可不只這樣，畢竟這是用來訓練真正戰士的道具。」

「戰士……這麼厲害的東西，為什麼要推薦給我呢？」

「是傳單召喚你來的。只有意念十分強大的人，才能看見那張傳單。」

這說法就像傳單有自己的意志一樣。

怎麼可能呢？但是放在販售台上那宛如藝術品般的精緻鏡片盒，還有表面浮現儀錶刻度的鏡片都那麼精巧，實在不像玩具。

該不會是真傢伙吧？裕太心裡開始有了這個念頭，緊張到喉嚨不由自主地發出咕嚕聲。

「但、但是我的零用錢應該……」

「我們店裡所有商品都是請顧客用過去的一部分回憶來支付。這麼精巧的模擬器，現在只需要用一天份的回憶就可以擁有。」

他覺得對方一定是在捉弄自己。但是眼前的氣氛又讓他不敢說出這句話。

「……那要怎麼把回憶給你？」

店主從身後的抽屜拿出一顆無色透明的玻璃球，放在販售台上。

「只要閉上眼睛觸碰這顆玻璃球就行了。這麼一來就會有一天份的回憶進到這裡面，完成支付手續。但是要拿走哪一段回憶請交給我決定。」

裕太半信半疑地仰望著天花板垂吊的那些玻璃球。

在這麼小的店面就能簡單抽取人的回憶？

「那、我就買這個模擬器好了……」雖然猶豫，裕太還是開了口。

要是這東西真如店主所說，那就太幸運了。這就等於免費拿到一款最新的遊戲機啊。看樣子媽媽暫時應該不會把遊戲機還給裕太。

「謝謝你。」店主說：「商品一旦出售既不能退貨，也不接受客訴，還請見諒。那麼請摸著這顆玻璃球，閉上眼睛。」
有一瞬間，裕太腦中感到一絲不安：「假如回憶真的被拿走了怎麼辦？」
但是現在已經無法回頭了。
裕太指尖觸碰到的玻璃球，發出混雜了紅色跟藍色的奇妙光芒。
「不是說一戴上就會馬上啟動，但現在一點變化都沒有啊？」
裕太繞到附近購物中心的廁所照鏡子，靠近之後再次確認自己眼睛裡的淡紅色模擬器。上面浮現了銀色刻度，好像科幻電影一樣。
「他說這會跟嗅覺及聽覺連動……是不是被騙了啊？」
離開購物中心，附近已經一片漆黑。
他打算抄近路回家，走進了人煙稀少的公園。只要短短幾分鐘就能穿過這座公園回家。
公園的路燈朦朧照亮著長凳。

一個看似上班族的男人，垂頭坐在椅子上。感覺有點毛毛的。

他正想快步通過，男人突然抬起頭，看著裕太。

對方將手放在那張不帶任何感情的臉上，奮力一扯後站了起來。

「哇！」

裕太大叫一聲往後跳。他嚇到腿軟，一屁股摔在地上。

扯下人皮的男人露出赤鬼的臉，散發出陣陣刺鼻的腥臭味。

裕太吁吁喘息，拚命往後退。喉嚨緊繃到發不出聲音。

低頭俯視裕太的鬼頭上，有紅色文字在閃爍。

「LEVEL 1」

他想起店主所說的「虛擬現實的恐怖體驗」這幾個字。

龐大的恐懼讓他無法動彈。為了躲過逼近的鬼，裕太死命地祈禱。

（走開！走開！快給我滾！）

這時鬼「砰！」地一聲被彈開。就像被針刺破的水球一樣，消失無蹤。

裕太這才終於能好好呼吸，他用手擦去額頭上的冷汗，雙腳還在格格打顫。

好不容易回到家，裕太馬上站在洗臉台鏡子前想拆下模擬器。但是他因為太緊張，手抖個不停，遲遲拆不下來。

幾番掙扎之下，他也稍微恢復了冷靜，停下手。

（那些都是虛擬畫面。只是立體影像的鬼在攻擊我而已吧。）

他回憶起剛剛可怕的鬼一下子被彈開，從恐懼中獲得解放的那一瞬間。

實在太刺激了。再也不可能找到這麼令人亢奮的遊戲。

（「LEVEL 1」是那個程度的話，「LEVEL 2」應該更厲害吧……）

他開始捨不得放棄。模擬器一旦拆下就無法再度使用。

「不然再玩一下吧……」

裕太看著自己淡紅色的眼珠，輕聲地說。

隔天早上，裕太覺得眼睛有異物感，睜開了眼睛。可能是因為直接戴著模擬器睡著的關係吧。眨眨眼，眼睛的不適感消失，視線變得很清晰。

這模擬器當作隱形眼鏡使用也很棒，現在根本不需要戴眼鏡。

準備出門時，裕太發現自己脖子上掛著一個東西，照了照鏡子。

「咦？身上怎麼會有這種東西？」

那是個很舊的手工製護身符。印花布料的圖案是裕太小時候很喜歡的「波波超人」，還裝了綿繩。超土的，真是丟人。

裕太拿掉護身符，丟進衣櫃裡，走出自己房間。

下一個鬼出現在裕太的小學裡。

在走廊擦身而過的體育老師，突然將手放在臉上，撕下了人皮。

這個長了一隻角的青鬼頭上閃爍著「LEVEL 2」的紅色文字。

青鬼眼中發著黃光，齜牙咧嘴向裕太撲來。

不管再怎麼逃、再怎麼默唸「走開！」，也只有鬼身體的一部分被彈開。他唸了好幾次，才終於彈開對方整個身體。太嚇人了。但是這強烈的刺激感讓他忍不住上癮。

每打倒一隻鬼，就會進階到下一個階段。

鬼可能是在體育館裡玩的兒童，也可能從陰影處突然來襲。

跟可怕的鬼激烈對戰，讓裕太很興奮，完全沉迷其中。

「喝！過來啊！有種就過來啊！」

裕太開始挑釁對方。這時鬼的等級已經超過了一〇〇。

巨大猙獰的鬼，只懂得一直線往前衝。

裕太像鬥牛一樣輕巧避開鬼的攻擊，不斷唸著「走開！」

破壞力升級後，裕太這麼一唸，鬼就會立刻被彈開。

「太簡單了。繼續再升級也無所謂啊！」裕太得意地高聲大笑。

接下來出現的鬼，樣貌不太一樣，是個額頭上長著三根角的龐然大鬼。

紅色大口裂到耳邊，露出獠牙。身上帶有強烈氣味，還有地獄巨獸般的吠聲。

「什麼……？不會吧……LEVEL 1000……!?」

鬼揮起銳利的爪，撲過來，他來不及避開，手被鬼抓住。

強烈的痛讓他忍不住慘叫一聲。這個鬼跟之前的不能相提並論，太強大了。

他發了瘋似地大叫：「走開！走開！給我滾！」

鬼終於被彈開。裕太的心臟劇烈跳動，身體不停發抖。

心想是虛擬的，所以不以為意，不過竟然就連疼痛也完全真實重現。

假如身體真的被那銳利的爪牙撕裂，會怎麼樣？

如果被那口利牙吞噬，又會怎麼樣？恐懼越來越真實。

得拿下模擬器才行。他在走廊上奔跑，想找地方藏身。

巨大的綠鬼現身，擋住他的去路。等級竟然有三千。

裕太慘叫一聲，衝向反方向的學校玄關。恐懼讓他跑得跌跌撞撞。

現在可沒閒工夫這樣東彎西繞。裕太顧不上換鞋，直接穿著室內鞋衝出學校。

「救命啊……！來人啊！」

錯身而過的大人都偏頭不解地看著他。因為只有裕太看得見鬼。

他感到深深絕望，沒有人能幫助自己。裕太好不容易跑回家。

他衝進自己房間躲進衣櫃裡。顫抖著手想將模擬器拆下，可是已經戴了好幾天的鏡片變得很乾，緊貼在眼球上，怎麼也拆不下來。

耳邊傳來鬼正在撞擊玄關大門的聲音，然後是砰、砰、砰的沉重腳步聲。鬼追在裕太身後也進了家門。可怕的叫聲撼動了空氣，玻璃應聲碎裂。

裕太被關在這個模擬器創造出來的世界裡。

恐懼和後悔讓他忍不住啜泣，這時鬼已經來到他房間門外。

衣櫃門打開。裕太閉著眼，抓了手邊的東西就往外面丟。

「哇啊啊啊！走開！走開！快點走開啊——！」

結果他竟然聽到了意外的聲音。

「裕太，你還好嗎？你今天早退了？」

站在眼前的是母親，臉上寫滿了擔心。

「我看你滿臉蒼白衝進家裡，還以為你見鬼了呢。」

裕太臉上還掛滿淚痕，訝異地問母親。

「妳、妳、妳怎麼知道……我看到鬼了？」

「因為你從小最害怕鬼啊。」

裕太上幼兒園之前，曾經因為被街頭上扮演節氣活動的鬼抱起來而大哭了一場。

那天晚上，母親做了一個護身符，讓怕鬼的裕太掛在脖子上。

——護身符裡有鬼最討厭的豆子。把這個丟出去之後鬼就會跑走了——

波波超人的護身符掉在衣櫃外。

（原來如此……！因為我丟了這個，鬼才被趕跑啊……）

撿起來的護身符袋子裡，裝了幾顆炒豆子。

多虧了這個護身符，裕太才能戰勝潛意識中的恐懼。

黃昏堂的店主從裕太身上拿走的，就是小時候節氣活動那天的回憶。

「媽，謝謝妳替我操心。這個護身符就是最強的道具。」

他鬆了口氣，用手背擦了擦眼角，被淚水沾溼後變柔軟的模擬器從眼中了掉出來。

裕太打從心裡決定，再也不想追求什麼刺激了。

召喚鈴

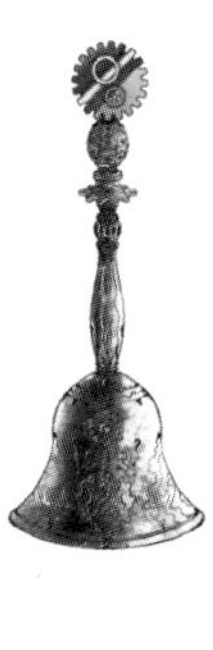

「我問你，那位太太狀況怎麼樣？」

飯店總經理叫住快步回來的員工問道。

身穿白襯衫黑背心的男性員工表情一沉。

「她還站在樹海入口，癡癡等著先生回來。」

「這樣嗎……」總經理表情一沉。「都已經五天了，搜救隊有消息嗎？」

員工的表情有口難言，搖搖頭道：「沒有，一點消息都沒有……」

「暴風雨就快來了，聽說太陽一下山就會停止搜救。」

又出現一個在樹海裡下落不明的人了。總經理的心情沉重無比。

森林飯店是一間位於廣大原生林附近的幽靜飯店。這裡四季分明，豐富的自然和澄澈的新鮮空氣吸引了很多來這裡尋求療癒的常客。

但是另一方面，大自然的力量也不容小覷。

由於高山吹來的風會將附近這片森林吹出一片海浪般的律動，這裡又有「樹海」之稱。

人們假如毫無戒心地踏入這片森林深處，就會迷失在樹海中，被吞噬殆盡。

「外面開始下雨了，我想至少拿個雨具去給她。」

總經理制止了懷抱著雨傘和雨衣的員工，接過雨具。

「我去吧。我還有東西想交給她。」

「我知道這座森林很容易迷路，也阻止過他千萬不能一個人去散步。」

夫人淚溼的美麗眼睛裡又湧現了新的淚水，沿著白色臉頰滑落。

「但是我先生卻趁我還沒醒來，換了輕便服裝就出門了。大概只是想清晨隨意散個步吧。」

可能已經對警察和救援隊做過好幾次一樣的說明了吧。夫人的眼神看起很空洞。

「他這個人向來很樂觀，沒什麼煩惱。可能完全沒想過自己會迷失在樹海裡吧。」

這時夫人雙手掩住她美麗的臉龐，眼淚彷彿決堤，細細顫動著肩膀哭了起來。

「……萬一再也回不來怎麼辦。要是再也見不到他，叫我該怎麼辦……」

總經理遞給夫人一把大傘，夫人思念丈夫的深刻愛情讓他深深感動。

「我可以瞭解您擔心和不安的心情。去年秋天，我姪兒姪女住這在這間飯店時，也一樣在森林裡迷路，下落不明。我當時不知道有多擔心。」

「……！那您的親戚後來找到了嗎？平安無事嗎？」

夫人求助般地看著總經理。在這片樹海裡，一旦迷失就無法自己找到來時路。

「是的，非常慶幸。當時搜救行動很順利，因為那是個晴朗的夏天。」

夫人臉上浮現出絕望的神色。她的臉一陣鐵青，彷彿隨時都要倒下。

「當時我沒有用上這個搖鈴，我現在帶過來，說不定您用得上。」

總經理從黑色制服胸前口袋，掏出一個有握把的黃銅召喚鈴。

「這是【召喚鈴】，具有很奇妙的力量。接到消息知道自己疼愛的姪兒姪女在樹海裡下落不明時，我正在遙遠的外地辦事，在那裡發現了一間叫黃昏堂的雜貨店，我帶著抓住最後一根救命稻草的念頭，買下了這個。」

總經理用日常中的平凡回憶，換來了這個搖鈴。

「只要不斷搖動，鈴聲就會傳到妳呼喚的人心中，把他們叫回來。」

夫人眼中亮起希望。總經理繼續說。

「但是，這鈴聲只有搖鈴者最希望喚回的那一個才聽得到。因此我必須做出抉擇，究竟要救姪兒還是姪女。不管救哪一邊、不救哪一邊，心裡都相當痛苦。所以當搜救隊順利找到他們兩個人時，我心裡不知有多高興。」

總經理對認真聽他說話的夫人說：

「但是您的狀況跟我不同。在樹海裡下落不明的只有您先生一個人。如果不介意，這個搖鈴請拿去用吧。」

「謝謝您……！真是太感謝您這份善心了……！我沒有猶豫的理由。請把這【召喚鈴】借給我吧。」

「當然沒問題，不過請先穿好雨衣吧。傘我來拿。」

夫人不斷說著自己的感謝，站在樹海入口搖起【召喚鈴】。

大粒雨滴打在傘面上，披著雨衣的夫人很快就全身溼透。

一陣比一陣強的風，讓樹海如波浪般翻湧，發出詭異的聲音。

但夫人依然專注地望著森林深處，不停搖著鈴。

即使太陽西下，搜救行動結束，夫人依然繼續搖鈴。

就當在一旁暗自祈禱諸事平安的總經理心裡也快要放棄時，陰暗的森林深處，出現了一個搖搖晃晃往這裡走來的人影。總經理倒吸了一口氣，看看夫人。

「太太……！那是妳先生嗎？喔！他沒事，正在揮手呢！」

來者身上穿著輕便白色馬球衫。總經理也覺得很驚訝，竟然能熬過這麼多天、幸運存活下來。

「啊，回來了……終於回到我身邊了……！」

夫人非常開心。她不顧地面被雨打得溼滑，哭著跑向丈夫。

總經理也拿著傘追在她身後。他回想起當初那間奇妙的雜貨店，還有那位俊美的年輕人。

（【召喚鈴】可以叫回迷途的人……！所以那店主說的是真的……！）

擔心前來探看狀況的員工，看到夫人這個樣子也都感動痛哭。

「真是美好的夫妻之情，總經理。我以後也希望有這種婚姻。」

總經理眼眶溼潤，點了點頭，但是隨後他皺起眉頭：「咦？」

從樹海生還的丈夫腳邊，有一團蠢動的黑色影子。

「太、太太，請等一下！太危險了，別靠近！有奇怪的黑影……！」

但是夫人完全不顧總經理的制止，逕自跑向丈夫身邊。
她幾乎是撲倒般地跪在那個搖動的黑影前。
「你聽到鈴聲了對嗎……！再也不可以離開媽媽身邊了喔！」
夫人緊緊抱住的那個黑影，是一隻正搖著尾巴的黑狗。
夫人用冰冷的眼睛瞪了丈夫一眼，淡淡說道：
「喔，是你啊。幸好你沒放開這孩子的牽繩，真是幸運呢。」

報恩預約券

週末早上。國三的亞弓正跟同學梨里一起走向電影院。

她們期待已久的動畫即將在十一點首映。而現在才八點。

可是亞弓很急。因為電影上映前會發放她最喜歡角色的限定周邊商品兌換券。

「好羨慕那些熬夜排隊的人喔。要是買不到周邊，我真的活不下去了！」

一邊走一邊連珠炮似說了一長串，亞弓這才發現梨里不在身邊。

「所以我都在自言自語嗎？丟臉死了！梨里妳在哪？啊！妳、妳在幹什麼啊！」

梨里停在相隔幾公尺的路邊。

好像正在對一個拿著大行李不知所措的老奶奶說話。

亞弓長嘆了一口氣。梨里的「乖寶寶」病又發作了。

「奶奶要去找她女兒家，但是迷路了。我想陪她一起找。」

聽到梨里體貼的這番話，老奶奶很不好意思地說：

「不好意思啊，我一時忘記了她住的公寓名稱。紙條跟手機都放在家裡沒帶出來。」

「梨里，周邊兌換券是依照順序發的喔，妳這樣有可能拿不到兌換券，可以嗎？」

聽到亞弓低聲的提醒，梨里猶豫了片刻，但她還是說：「拿不到我就放棄，妳先去吧。」亞弓內心愕然，但還是對她說了聲：「喔，那我先走了。」馬上離開了。

隔天亞弓在學校向梨里炫耀自己昨天拿到的稀有周邊兌換券。

「妳看這個！這是我的本命的壓克力立牌！放進畫有棉被圖案的透明盒裡，看起來就好像有張能睡覺的床一樣呢！好期待兌換日喔～」

但是梨里完全心不在焉。放學後，亞弓終於知道她心不在焉的理由

一個身穿名門高中制服的帥氣高中生站在校門前，引起女學生之間一片騷動。

高中生發現了滿臉通紅站著不動的梨里，堅定地走向她，溫柔地說。

「妳昨天把學生手冊忘在我家了。還有……這是我外婆說要給妳的謝禮。」

帥氣高中生遞出一個很時尚的購物提袋給梨里。梨里客氣地拒絕收下：「怎麼好意思收禮呢。我只是做了該做的事而已。」

「那該怎麼辦好呢？我真的很想謝謝妳。那一起去咖啡廳，我請妳吃甜點？」

大概是抵擋不住帥氣高中生的誠意，梨里終於點了頭。他們彼此交換著甜美的笑容，一起離開。

「什麼麼麼麼麼？不會吧……!?」

這媲美少女漫畫的情節讓亞弓滿臉驚訝。

「早知道會有這麼驚人的發展，我就該去幫忙那個老奶奶的！」

隔天從梨里口中聽說她決定跟對方交往，亞弓心裡充滿了懊悔。

「歡迎光臨。是【報恩預約券】的客人吧？」

下一個週末，在黃昏時分的街上發現的黃昏堂裡，一個長相超級俊美的店主對亞弓這麼說。

這異次元的美形，一切都那麼完美，幾乎要動搖亞弓對自己偶像的愛。

販售台放的一張薄薄金屬卡片上，有一隻機織白鶴的圖畫像全息投影一樣浮現在半空。這是知名傳說的其中一幕。

「假如在攜帶這張預約券的狀態下幫助了別人，那麼對方就會提供相等價值的回禮來報恩。那會是對方心目中有價值的東西。至於要不要收下，就是妳的自由了。」

亞弓沉醉地聽著店主的美聲，他一臉冷淡地說明著使用方法：

「當妳收下禮物，就表示交易結束，預約券便會消失。效果只有一次。費用是妳一段微不足道的回憶……這位客人，妳還在聽嗎？」

本來以為是在做夢，但是看來好像是現實。制服胸前口袋裡有一張畫了鶴的預約券。

「反正也不知道是不是真的有效……不過也不覺得被拿走什麼回憶。」

隔天早上，亞弓正在玄關穿鞋準備上學，發現念高中的姊姊忘記帶東西。

「咦，姊姊忘了帶手機出門耶。她不是向來都刷手機搭電車的嗎？」

她追上前去把智慧型手機交給姊姊，姊姊誇張地向她道謝。

「謝謝！真的太感謝妳了！這個給妳，當作我的謝禮！」

姊姊從包包裡拿出一袋紅豆麵包。這是姊姊最愛吃的麵包。

「哇！謝……」亞弓正要收下，但馬上想起了預約券。

「啊、不用了，不用了，不用客氣！」她拒絕姊姊的回禮，狂奔離開。

「好危險啊！差點就不小心接受回禮了。」

既然只有一次，那當然要收下更厲害的回禮才行。

上學途中，她瞪大了眼睛尋找看起來需要幫助的人。這時，有一個剛下計程車的老爺爺，正背著大背包在路邊嘆著氣。他嘆氣時抬頭看著一棟高級公寓。看來他有一個高規格帥孫子的機率一定不小。

「好機會！讓我來幫忙這位爺爺吧！」

原來後背包是狗用的外出箱。爺爺帶腳受傷的狗去動物醫院治療，剛回到家。狗是有三十公斤重的西伯利亞哈士奇，爺爺家在十五樓。然而今天停電，電梯剛好不能搭。

亞弓喘著氣搬運著狗。途中狗心愛的布偶從口中掉了下來，她假裝沒看到。因為她擔心那可能是狗給的回禮。

「啊啊。妳這種背法會把我們家國王摔下來的。」

囉唆的老爺爺相當嚴格地指導亞弓的姿勢，還針對當下年輕人的種種不是發了一大頓牢騷。她把狗送進了老爺爺的家門，但是並沒有一個帥孫子出來迎接。

「不好意思。我快遲到了，就先告辭了……」

「辛苦啦。這是我很珍惜的最後一個，就送給妳吧。」

老爺爺故弄玄虛，拿出了一個漢方喉糖。

「不用了！」她斷然拒絕，迅速從緊急逃生梯奔下十五樓。

「我那麼辛苦，就只給我一顆喉糖？這也太誇張了吧。啊，真想要更好一點的回禮。」

經過廣場時，她又遇到了絕佳的機會。

「啊！是當時的老奶奶！她雙手都拿著看起來很重的購物袋呢！」

一想起梨里的男朋友有個雙胞胎哥哥，亞弓立刻有如電光火石般地往前衝。

「奶奶！我來！我來拿！」

衝得太猛的亞弓，差點要撞上一個孩子，為了避開孩子，她一個閃身華麗地跌了一大跤。原本在跳躍的孩子也沒站穩，一屁股坐在地上。

「啊。對不起！你沒事吧？」那孩子瞪著向他道歉的亞弓，大聲叫著。

「都是妳害我不能玩了啦！哇！媽媽！」

孩子一邊哭一邊跑到在跟朋友聊天的母親身邊。

「真是的。弄哭了小孩、老奶奶也走了，連制服也髒了。」

她正要站起來，無意間望向地面，發現腳邊有一排螞蟻的行列。

螞蟻們看起來就好像停止行進、排好了隊伍在仰望亞弓。

行列後方有幾隻螞蟻正恭恭敬敬地搬來一個小東西。

「這什麼？」她抓起來一看，竟然是一隻死掉的毛蟲。

亞弓「呀！」地慘叫一聲的同時，放在胸前口袋的【報恩預約券】也飛了出來。

「啊？為什麼!?」亞弓這才發現。

「所以我救了螞蟻，讓他們沒被剛剛那小鬼踩到嗎？」

螞蟻也帶來了它們認為有價值的謝禮來。自己竟然毫無防備地收下了。

「等一下！我把毛毛蟲還給你！」

【報恩預約券】無視亞弓跳起來伸長了手，像長了翅膀一樣高高飛向空中。

在陽光照射下，發出閃亮白光的卡片，就這樣消失在藍色天空裡。

「我不要什麼回禮，也放棄找現實中的男朋友了……反正我還有我的本命。」

她拿出限定周邊的壓克力立牌兌換券，卻因為太大的衝擊整個人僵住不動。

「兌換日早就已經過了！不會吧！我竟然會忘記，這不可能！」

一定是黃昏堂。他偏偏拿走了周邊商品兌換日的回憶。

「不管長得再怎麼帥我都無法原諒！我一定要再把那個店主找出來！」

亞弓堅定發誓，一定要找到店主向他客訴，然後再拿到其他道具。

複製培養土

深山中。夏日蔥鬱的綠意之間出現了一間小民房。

那是一間現在已經很難得看到的茅草屋頂老房子。

「喂，就決定是那裡了。從外面晾的衣服看來，應該是獨居的老太太。」

前座的鳴澤說。正一邊開車一邊悠閒欣賞風景的英次答道：

「喔，好啊。不過話說回來，還真的有人住在這種深山裡耶。是仙人吧？」

一塊小到不行的農地裡，有位嬌小的老婦人一個人拿著鐵鍬在耕土。

「妳好，方便打擾一下嗎？」

下了車的英次打了聲招呼，老婦人拿掉用來遮臉的手巾，抬起頭來。

「喔，好久沒看到人來了。你們哪裡來的？」

「我們是電視台的人。」鳴澤回答：「您聽過《到與世隔絕的房子住一晚》這個超紅的節目嗎？」

「不知道呢，我家電視好幾年前就壞了。」

聽到老婦人的回答，鳴澤意味深長地笑了。他戳了戳身邊英次的側腹部，英次這才趕忙接著說明：

「這個節目就是要到人煙稀少、與世隔絕的房子去打擾兩三個晚上，請屋主招待洗澡、用餐，把過程拍下來，非常受歡迎呢。那、那個，如果方便的話……」

「好啊，你們來住吧。」老婦人一口答應：「很久沒有客人來了，真開心。」

「謝謝！」英次拿著手持攝影機，殷勤地低下頭。

一直仔細觀察著老婦人的鳴澤低下頭，同時滴水不漏地環視著周圍。

那天晚上，老婦人準備了出乎他們意料的豐盛晚餐。

「哇！這牛排超好吃的！還有這麼新鮮的生魚片，也太棒了吧！」

鳴澤一邊將手持攝影機對著開心的英次，一邊皺著眉說：

「……喂，你不覺得很奇怪嗎？」

鳴澤看著老婦人站在土間廚房的背影，壓低聲音對英次說：

「在這種很少有人會來的深山，為什麼能端出這麼豪華的餐點？看起來這附近就只有一片小田地，也沒有能外出採購的車，離鎮上還有好幾十公里路，但生魚片和肉都很新鮮，而且那些高級蔬菜和熱帶水果都像剛摘下來的一樣新鮮。」

「對耶，確實有點奇怪。」英次偏著頭。

這時老婦人在他們身後說道。

「這些都是在我園子裡摘的。住在都市的孫子，寄了很神奇的土給我呢。」

鳴澤和英次嚇了一跳轉過頭，異口同聲地反問：

「神奇的土？」

「對啊，他說叫【複製培養土】。只要是埋在這土裡的東西，都可以在一個晚上翻倍。我孫子寄培養土來的時候，也一起寄了很多好吃的東西，在這些東西吃完之前種進田裡增生，就可以等著收成。所以完全不用擔心食物不夠。」

老婦人說，生魚片和肉等不能用水洗的東西她會先裝進塑膠袋再埋進土裡。她還說，土一旦撒下，就不能再搬運到其他地方。

「怎麼可能有這種……」嗚澤用手捂住英次還沒說完話的嘴。

「喔？世界上還有這麼不可思議的東西啊。我們可以拍嗎？」

「不行不行。」老婦人舉起一隻手揮了揮：「要是有人想來要這些土那可不行。」

那天晚上。當早睡的老婦人熟睡後，男人們來到田裡開始挖土。

「喂，你看！真的埋了吃的耶！」嗚澤蹲在地下看著田地。

成熟的鳳梨、麝香哈密瓜、大顆葡萄串都各有兩個。

英次挖出裝在塑膠袋各有兩個的魚和肉塊，讚嘆道。

「每個都像雙胞胎，長得一模一樣呢！沒想到那個老太婆做戲做得這麼足。」

但是鳴澤臉上卻沒有半點笑意。他緊皺著眉頭，用那細長銳利的眼睛看著英次。

「我們到這裡來之後，老太婆都待在家裡，直到睡覺時間都是。也就是說，她得在我們到這裡來之前先準備兩個一樣形狀的食物，然後在這個大熱天，事先埋到田裡。天氣這麼熱，這些東西卻一點都沒有腐爛的樣子。」

鳴澤仔細端詳著放在手掌心上的食物，陷入沉思，他認真地說。

「……說不定，老太婆說的話是真的。」

「啊哈哈哈哈。那怎麼可能！」

鳴澤對大笑的英次吼了一聲。

「去把家裡的食物拿來！別被老太婆發現！」

隔天清早。太陽一升起，男人們立刻掀開棉被，衝到田裡去確認。

昨晚埋下的食物都增加為兩個。長得一模一樣，毫無分別。

「鳴澤哥，你看。這好像是昨天挖土時掉的。」

英次慌亂地讓鳴澤看了自己的雙手。他左右手各拿著一個對折式的皮夾。從皮革顏色到刮痕、擦痕，兩個皮夾都如出一轍。

確認了皮夾裡，鈔票、零錢、掛號單都一樣，同樣的東西增加為兩個。

「……是複製培養土。這土竟然真的可以製造出複製品……！」

拿著皮夾的鳴澤呆呆地低語。英次的表情一亮。

「太神了吧！快拍下來吧！鳴澤哥，你拿著兩個皮夾！」

英次興奮地舉起手機，但卻被鳴澤痛罵一聲。

「不要打開手機電源！要是定位被查到怎麼辦！」

「啊、對……對不起。」英次頓時收斂，小聲地道歉。鳴澤接著低聲說：

「如果拿下那些錢，就會變成兩倍……」

「那些錢……？你該不會是指要給老大的那些鈔票吧!?」英次臉色大變。

「但、但是那些鈔票上應該都有流水編號吧？同樣的鈔票有兩張，很快就會被發現是偽鈔吧？」

「沒想到你還會注意到這一點。沒錯，確實會有兩張完全一樣的鈔票。也就是說，有兩張真鈔。你說，要怎麼分辨哪一張是原本的鈔票？」

「確、確實是這樣啦……但、但是……如果、如果被老、老大知道了……」

「怕什麼！你聽好了？原本的錢交給老大、我們可以拿到複製的鈔票。只要不跟老大同時使用，就很難確認鈔票號碼是不是一樣的。」

鳴澤咧嘴一笑，看著英次。

「今晚就把那些錢埋下。先弄到一筆資金。然後再把【複製培養土】連同那片土地一起弄到手，把這裡當成我們的基地。」

「但是我們要怎麼跟老奶奶說明？」

「不需要說明。只要讓老太婆消失就行了。趁今天晚上，你去解決掉她。」

「啊……什麼……？解、解決……你該不會是要……這也太……」

「你有意見？」被鳴澤一瞪，英次只能渾身顫抖，低下頭去。

晚飯時，老婦人依然大方拿出用心烹調的菜色和美酒來招待他們。

鳴澤喝得很醉，心情大好，但英次的臉卻越來越陰沉。

「喂，英次。去把錢埋在田裡。……還有，別忘了我交代你的那個工作。」

英次在鳴澤的指示下，在月光下低頭走到田裡。

他用鏟子挖土，將金屬行李箱埋進洞中。

快要蓋完黑土時，英次背後傳來老婦人的聲音。

「喔，英次先生。你有想增加的東西嗎？」

英次一驚，轉過身去，他急忙站起來。「啊！也沒有啦……」

身形嬌小的老婦人面帶微笑，一看到她的臉，英次眼中就忍不住浮現淚水。

他想起故鄉溫柔的祖母。英次鼻頭一酸，啜泣地說：

「我沒有什麼想增加的東西，奶奶，妳待在這裡很危險。跟我一起下山吧。送妳到安全的地方之後，我會去跟警察自首的。」

「怎麼了？你怎麼在哭呢？遇到什麼事了？」

老婦人偏頭，擔心地看著英次。英次老實地說出自己過去犯下的罪行。

「原來是這樣啊，我知道了。下山後你去自首，好好贖罪吧。」

我不要緊的。老婦人對英次說。

隔天。太陽還沒升起，山中仍是一片昏暗。

老婦人目送英次的車悄悄開下了山路。

「好，那就開始吧。」

她在小小的田地前捲起袖子，握緊沉重的鏟子。

她從【複製培養土】裡挖出了外觀幾乎一樣的兩個行李箱。因為她刻意提早挖出來，所以箱子裡的鈔票並沒有完全複製成功。

鈔票還在複製中，算是幾可亂真的假鈔。

「這樣剛剛好。」

她擦了擦骯髒的手，從圍裙口袋裡取出最新型的平板電腦。

「平板可是獨居老人的必需品呢。自從附近的滑雪場落成，這裡的網路環境就更順暢了，真是太感謝了。」

她早就已經確認過，男人們所說的節目並不存在。

偽裝自己的職業或目的來到這種深山裡欺騙老人打算賴著不走的，一定不會是什麼正經人。她也在第一天就發現這兩個人偷偷帶著可疑的行李箱，猜想對方可能是正在逃亡的罪犯，果然被她猜中了。

「這種利欲薰心的人，一定會想把【複製培養土】用在不好的用途上。」

她打開警局網頁，再次確認了通緝強盜犯的照片。

其中有一張再怎麼看都很像那個叫鳴澤的男人，不過並沒有看到英次的照片。

看他一邊哭一邊自白的樣子，應該成為手下還沒多久時間吧。

家裡可以聽到鳴澤響亮的鼾聲。

老婦人按下平板電腦的畫面，冷靜地報警。

「喂，有個通緝犯在我家，他身上還有大量的鈔票跟『偽鈔』。喔，不要緊，他逃不了的。昨天晚上他灌了很多我故意端出來的烈酒，現在睡得不省人事。看他這個樣子，就算警車的警鈴在他耳邊響起，他也不會發現吧。」

真相鉛筆

「鈴木春馬同學的泳褲又不見了，有人看見嗎？」

柳原老師在放學前的班會上環視大家，這麼說道。柳原老師從今年春天開始擔任三年二班的導師，是個像大姊姊一樣的老師，總是被大家弄得不知所措。

（看來這又是我害的……）

春馬心裡這麼想。班上頻繁發生的問題，大部分都跟春馬有關。

有人把板擦夾在教室門上；校園銅像被黑色油性筆畫了眼鏡；有人敲了校長室門又在校長出來前逃走……春馬似乎都在現場。

游泳課才開始十天，就已經遺失兩條泳褲，大家都說，原因可能在春馬自己身上。

「老師！我看見春馬把泳褲丟到垃圾桶裡！」

果然，有人出來作證了。這次是橫瀨。班上的谷澤、橫瀨、篠田還有跟他們玩在一起的幾個人，總是輪流作證，把春馬逼到絕境。

「鈴木同學，是真的嗎？你有印象嗎？」

柳原老師苦惱地看著春馬。谷澤舉起手，大聲說道：

「春馬不會游泳所以才丟掉泳褲，這樣就不用上課了！」

「那個……我、我……嗯、我對游泳……因為以前在海裡溺水過，所以……」

春馬無法好好說明，紅了臉低下頭來，他清楚自己並沒有丟掉泳褲。春馬沒有爸爸，而媽媽從早到晚辛勤工作買給春馬的東西，他是不可能故意丟掉的。

谷澤、橫瀨他們都只是信口開河，可是聽起來卻很有可信度。因為實際上春馬兩次不用進泳池時，心裡都暗自鬆了口氣。比起真相，大家更願意聽煞有其事的謊言。

「但、但是我真的……沒、沒有丟掉泳褲……」

春馬的聲音越來越小，早就沒有人在聽他說話。
放學路上，谷澤他們故意起鬨：「不然你不要穿泳褲游啊！」春馬聽著背後傳來的這些笑聲，腳步沉重地走著。感覺很對不起媽媽，不敢回家，就這樣在路上亂晃著，忽然有一張傳單像生物一樣一直纏在他腳邊。時間剛好是黃昏時分。
隔天，還沒等到午休時間，春馬就到職員室去遞給柳原老師一隻鉛筆。
這隻黃銅筆有著美麗的雕刻圖案，上面還附著一些小齒輪。
「這是【真相鉛筆】。在一間神奇的雜貨店裡，大哥哥讓我用某一段回憶交換來的。聽說這支筆會不管自己的意志、自動寫出被隱藏的真相。」
他練習了好幾次，現在才能順暢地講完這段說明。
「昨天晚上我也試過了。老師，你看喔。」
春馬翻開筆記本上的白色頁面，拿起真相鉛筆開始寫。
「我沒有丟掉泳褲。把板擦夾在教室門上；在銅像上塗鴉；敲了校長室門就跑的，都不是我。鈴木春馬」

但是柳原老師只是顯得更加困惑。

「這樣啊……這就是真相嗎……那、那這隻鉛筆還真是厲害啊……」

「只要用這隻鉛筆，谷澤他們就會寫下真相！」

柳原老師忍住想嘆氣的衝動，接過春馬交給她的真相鉛筆。就在這時，老師忽然開始在書桌上放的試卷背面不停地寫下文字。

「當老師真的超累。剛跟男友分手心情糟透了，真想快點回家好好追劇。」

跟春馬四目相對的柳原老師滿臉通紅：「這、這個是、這是……」

這時，副校長剛好經過，盯著柳原老師寫的文字看。

「柳原老師，妳怎麼在孩子面前寫這些呢!?」

柳原老師慌張之下不小心把鉛筆掉到地上，副校長替她撿起來。

結果副校長也在柳原老師剛剛那行字旁邊迅速寫下：

「啊啊，一直當副校長真是受不了。真想快點出人頭地當上校長」

「哇！我、我怎麼會寫這些？哈哈哈、哈哈……」

漲紅了臉的副校長馬上變得面色鐵青。因為他看到校長，老師一臉嚴肅地盯著他。

「只要拿著這隻真相鉛筆，就會寫下心裡所想的事。」

春馬這麼對校長說明，但柳原老師和副校長都同聲否認：「怎、怎麼可能！」校長斜眼瞥了一下滿頭大汗的那兩個人，問春馬：

「你要怎麼向我證明這隻鉛筆能夠寫出真相呢？」

春馬偏著頭想了想：「嗯……」到底該怎麼證明才好呢？

「啊！對了！只要校長也拿起鉛筆就行了啊。如果校長寫下只有自己知道的事，就可以證明這是真的了！」

「只有我自己才知道的事？嗯……」

校長試著拿起鉛筆。然後就像無法抑制衝動般，開始寫了起來：

「我頭上的是假髮。」

三位老師瞬間僵住不動。

隔天午休，谷澤他們一起被柳原老師叫去。

如同谷澤用真相鉛筆所寫，春馬的兩件泳褲都在學校玄關鞋櫃前、走廊上的優勝獎盃裡被找到。

這種只有犯人才知道的自白，聽說就叫作「自首」。

谷澤似乎被副校長和校長嚴重警告，回到教室後整個人都很沮喪。在那之後，他們三個人都變得很老實，春馬又可以像以前一樣開開心心上學了。

自從去了黃昏堂，也不知道為什麼，他再也不怕游泳，春馬開始愛上了游泳課。

除靈石

「跟妳說話，妳也老是心不在焉，只顧著跟恭介傳訊息。」

麗奈嘆了一口氣，挖苦地說了這句話後放下吹風機。

坐在美容院椅子上跟未婚夫恭介互傳著簡訊的香澄，這才急忙抬起頭來。

「抱歉抱歉，我剛沒聽清楚。可以再說一次嗎？」

隔著大鏡子，她跟高中時代的朋友麗奈互看了一眼。

「我剛剛問妳，有沒有聽過『洗屋』。」

美容師麗奈替香澄剪去她的長髮。

頭髮一束束散落在地上。

「嗯，聽過啊。就是找人去住之前的住戶離奇死亡，或者發生命案的凶宅，

讓房子履歷變乾淨，對吧？」

聽到香澄的回答，麗奈點點頭。

她短髮耳邊閃亮的耳環，跟香澄平時戴的是同樣款式。

「我有個客人是高級華廈的屋主。他正在找願意幫忙洗屋的人。十五樓、兩房兩廳，還附健身房，租金超級便宜。所以我想問問你們有沒有興趣？你們不是正在找房子嗎？」

「啊……？就算再便宜，要在那種房子裡展開新婚生活也太……」

麗奈沒理會香澄的遲疑，逕自往下說：

「如果是命案現場我就不會推薦了啦。聽說之前的住戶在浴室泡澡時打瞌睡，結果淹死了。之後不只浴室、整間房子的裝潢都翻新了。我去看過一次，真的跟新房子一樣漂亮又時尚，而且離車站又近，地點超好的。」

「嗯……但我還是覺得有點怪怪的……聽說那種凶宅都會有些靈異現象。」

「香澄膽子很小吧。」麗奈無奈地說：「妳好像從小就很容易察覺到靈異現象。」

香澄自幼對這方面就很敏感。尤其是死於非命的靈，更是特別可怕。

「妳還特地介紹給我，真是不好意思啊，麗奈。我不太想住在這裡。要是恭介來剪頭髮，妳也別跟他提這件事喔。」

香澄再次提醒麗奈。凡事漫不經心的恭介可能會馬上答應要入住。

這時麗奈吐了吐舌頭。

「抱歉啊，我已經說了。恭介沒跟妳說嗎？」

這時香澄手機響了，是恭介回的訊息：

「關於新家的事，麗奈跟妳說了嗎？聽說有個難得的好物件耶。」

「反正人都會死啊？當然也會有死在浴室的人嘛。總不可能每個人都變成可怕的鬼魂吧？」

果然，恭介這麼告訴香澄，一點都不在乎是不是凶宅。

「一結婚就可以住進高級公寓，真是幸運的開始。」

「我不要。拜託你了，不要去幫人家洗屋啦。」

「我會先住進去，證明沒有什麼靈異現象。」

恭介不肯退讓。他搶在被別人租走前硬是簽了租約，馬上就決定好搬家的日子。恭介這個人一旦決定就不聽別人意見。誰叫香澄先喜歡上恭介，最後總是她妥協。香澄從高中就開始單戀恭介。

在那一個月後的傍晚，香澄終於來到公寓。

「哎……好煩啊……，希望不要遇到什麼可怕的事。」

她實在無法去除心裡的抗拒。香澄心想，這次一定要說服恭介。

「我到附近了，可以過去了嗎？」

她發簡訊給恭介。過了一會兒，接到對方貼圖回覆「可以喔」。

踏進大樓入口，她在電梯前按下按鍵等待。

不久後電梯門打開，走出一個女人。

她有一頭及腰的黑長髮，遮住了低垂的臉，看不太清她的長相。

錯身時香澄轉過頭去，看到女人的頭髮溼透，還有水滴垂落在她背後。走進電梯後，裡面有股很像線香的味道。

香澄的心臟開始噗嗵噗嗵用力跳動，她感到一股強烈的不安。

「恭介，還好嗎？沒有什麼奇怪的事吧？」

香澄一衝進恭介房裡立刻問他。

這裡好像也有剛剛那種味道，這讓她非常緊張。

是那個詭異的溼髮女人身上那類似線香的味道。

「怎麼了嗎？」反問的恭介一臉心不在焉的樣子。

香澄馬上後悔自己來到這個房間。

恭介的樣子很明顯不太正常。香澄抓住好像被什麼附身了一樣般的他的雙手，盯著他的眼睛認真說道：

「我還是覺得住在這個房子裡不好，搬家吧，算我求你。」

「……妳愛煩心的老毛病又犯了嗎。這房子很好啊，非常棒。」

恭介淺淺一笑，避開香澄的視線。

這時香澄察覺浴室有水聲傳來。悄悄走近打開門，蓮蓬頭流出的水正激烈地打在浴缸上。

走近一看，香澄全身一陣寒意。她感到一股強烈的靈異氣息。

她畏怯地往浴缸裡一望，水裡飄著長長的黑髮。

「呀啊啊啊啊！」

香澄從浴室裡衝出來。恭介很驚訝，不知道發生了什麼事，香澄渾身顫抖緊抓著他。

「頭髮……！浴缸裡漂著一束長頭髮……！」

「我去看看，妳待在這裡。」

可是從浴室出來之後的恭介卻滿臉詫異。

「沒有什麼頭髮啊？妳要不要再看一次？」

恭介說得沒錯，浴缸裡並沒有什麼漂浮的頭髮。

「一定是眼睛的錯覺啦。妳太擔心了，才會看見那些不存在的東西。」

但香澄認為這房子裡確實發生了可怕的變化。

那天夜裡，香澄回家後在網路上調查了恭介住的那間公寓裡發生的案件。沒多久，她就找到了一篇「年輕女性詭異陳屍公寓」的報導。時間是兩年前。

她還看到公寓其他居民的證詞表示「去世的女性跟同居男性發生了激烈口角」，但事件並沒有後續報導。大概是被判斷為意外，才沒有立案偵查吧。

她在匿名公布欄裡發現了線索，還看到一張長髮美女的照片。

「聽說那個案子的嫌犯在海外出差時死於意外。因為證據不足，搜查行動也停擺了。這個案子就這樣陷入謎團不了了之。」

香澄盯著顯示螢幕上的文字開始思考。

從電梯出來的濕髮女人，不管髮型或服裝，都跟照片中過世的這個女人一模一樣。

橘色霞光與紫色暗影交錯的黃昏時分。

香澄發現纏在腳邊的一張傳單，在命運的牽引下推開了店門。

這是一間充滿齒輪的奇妙雜貨店，看似店主的高個子男人抬起頭來看著香澄。

「歡迎光臨。是來找【除靈石】的客人吧？」

男人深沉幽暗的視線，彷彿能看透香澄隱藏的內心。

「……請把這個放在可以感到強烈靈異氣息的地方。」

店主放在販售台上的，是一顆看起來很像墓標的透明石頭。

基座上有好幾個齒輪。

「假如那個地方真的有靈存在，齒輪就會開始轉、帶動機器，讓靈可視化後封存起來。靈的怨念越強，這塊石頭就會變得越黑，使用上還請格外小心。」

香澄聽著店主的說明，同時盯著那塊墓石般的石頭。

「……如果……除靈失敗了呢……？」

「當然不是沒有這個可能。畢竟是機器。假如除靈失敗，或許會發生可怕的事。」

店主靜靜往下說：

「如果可以接受，我就把這個賣給妳，代價是妳所擁有的回憶。」

香澄決心要除靈。她不能假裝沒看到那個不斷在侵蝕恭介的存在。

確認恭介睡熟了之後，她靜靜走向浴室。

她很清楚地知道，那裡有可怕的靈存在。

從第一次看到那個浴缸起，她就強烈感受到那股力量。

她把在黃昏堂拿到的【除靈石】，輕輕放在浴缸底部。

齒輪很快就開始轉動。機械偵測到靈了。終於要開始了——。

香澄的心臟緊張地用力跳動手掌心滲著冷汗。

她聽見了水流的聲音。看不見的蓮蓬頭水激烈地打在浴缸底部。

接著，她聽到了一個痛苦嘶啞的聲音。

……不能原諒。竟然敢背叛我……把我壓到水裡……

浴缸裡出現一隻細瘦白皙的手，緊抓住邊緣。

垂著黑色溼髮的女人從浴缸裡搖搖晃晃起身，以不可能的角度轉動著頭。血氣盡失的慘白臉上，是兩顆漆黑凹陷的眼睛。

香澄用自己的雙手摀著嘴，把叫聲嚥了下去。她的身體止不住地顫抖。

女人的靈很明顯地像在找某個人。她望了一圈浴缸，臉上寫滿怨恨。

她的身體開始搖晃，然後像一團霧一樣，漸漸變大、擴散。

擴散到浴室的這團霧形成一個龐大的漩渦，被吸進【除靈石】裡。

看著眼前這一切經過的香澄，忍住恐懼探頭看了看浴缸裡。

原本透明的【除靈石】現在一片漆黑。

香澄整個人癱軟在地。恭介家裡果然有幽靈。

【除靈石】的黑如實地顯示出幽靈的怨念之強。

女人的死並不是偶然的意外。她是遭到背叛後，在這裡被殺害的。

香澄鐵青著臉離開浴室。而滿不在乎的恭介並沒有發現，還睡得很香。

在自己智慧型手機上確認過對方已讀訊息後，她沒鎖門就離開了家。

下到一樓，走出電梯。

這時，香澄又跟那個女人擦身而過。

低著頭走過身邊的溼長髮女人身上，飄出線香般的味道。

香澄猛一回頭抓住女人的頭髮。長髮瞬間掉落到地面。

「呀！」被壓著頭的女人尖叫了一聲，停下了腳步。

慘白著臉轉過頭的短髮女人是麗奈。

「我是因為這熟悉的香水味才發現的。因為那味道聞起來很像線香。」香澄說道。

「妳正打算去恭介家吧？因為我剛傳了簡訊騙妳說我要離開恭介家了。這溼髮的假髮，是以防撞見我時用的吧？」

麗奈咬著唇，呆立不動。她從以前就是這樣，看到香澄有什麼總是也想要。

「聞到那香水味，我馬上就知道麗奈出入過恭介家。妳是為了嚇我才放了髮束吧？如果是妳，應該很容易弄到這種東西。」

麗奈總說香澄很膽小。她很有把握，只要讓香澄覺得那間房子裡曾經發生過什麼意外，香澄一定會覺得不安，進行各種調查。她用讓人聯想到浴室身亡女性的長長溼髮徹底嚇壞香澄，讓她遠離恭介家。

而恭介也跟麗奈共謀，故意表現得好像只有香澄看得見頭髮。

自從搬進那間房子，恭介就深受麗奈吸引，老是一臉心不在焉。

「我怎麼可能沒發現。我也無法當作不知道。因為這是最糟最惡劣的背叛。」

背叛香澄的這兩人最大的誤算，就是那間凶宅裡真的有幽靈存在。

——封存在除靈石裡的靈，必須立刻用乾淨的清水沖洗。假如怠於處理，靈的怨念就會增幅，一碰就石頭就會破裂。飛出的惡靈將會附身在現場的任何人身上——。

黃昏堂店主是這麼說的。就好像看透了香澄內心深處那強烈的願望。

女幽靈被信賴的人背叛，懷抱著無處可發洩的怨念，她一定可以替同樣受到深深傷害的香澄報仇雪恨吧？

碰觸到除靈石後被附身的是麗奈，還是恭介？

香澄覺得是誰都無所謂。

她一直無法忘記跟恭介共度的愉快光陰，遲遲無法下定決心分手，為此掙扎痛苦了很久，但是離開黃昏堂後，那些回憶竟都忘得一乾二淨。

對那個男人再也沒有任何留戀。

「再見啊，永遠再見了。」

香澄背向麗奈，離開了公寓。

再也沒有回頭。

優勝頭帶

「大翔！你怎麼搞的！不要慢下來啊！」

跑在最後的大翔被部長盯上了。

「是！」大翔應了一聲，但還是故意不加快速度。

放學後，大翔避開其他學生在路上跑著，他是田徑隊隊員，現在國中一年級。

排成一排正在跑步的二十多個隊員在十字路口左轉，在他們不遠的前方有個低著頭走路的小個子男孩。那男孩背後被人用膠帶貼著撕下來的筆記紙，上面用黑色馬克筆潦草地寫著「娘娘腔♡」。

旁邊還附著拙劣的插圖，畫了穿著荷葉邊圍裙的男孩。幾個二年級男生在小

個子男孩身後指指點點，一邊笑一邊走。

大翔沒有在十字路轉彎，他徑直往前跑，穿過二年級男生中間，走近那個小個子男孩。伸手撕下貼在他背後那張紙。

男孩驚訝地轉過頭，兩人四目相對，大翔無言地轉過身。

「那傢伙搞什麼啊，多管閒事！」

背後傳來幾個二年級生的罵聲，但是大翔沒說話，跑著離開。他追上田徑隊的行列，向隊長低頭道歉：「對不起。」

「擅自離隊，罰你跑十圈校園。」隊長說道。大翔答了聲：「是！」

「不要因為你一年級選上接力隊，就自以為了不起。」二年級生瞪著他。

大翔的體格不輸任何二年級生，跑得也很快。

結束社團活動的大翔餓著肚子回到家，晚餐的香味已經傳到玄關。他連運動鞋都來不及脫，迫不及待地跑向餐廳。

「哇！漢堡肉看起來好好吃！可以吃了嗎？我洗好手了！」

「回來啦，大翔。當然可以啊。我還加了起士，味道怎麼樣？」

笑著這麼說的是比大翔長一歲的哥哥，二年級的朝陽。一年前過世的母親住院時，家裡就一直是哥哥負責做飯。母親不在，餐桌上全是男人，之前都靠超市現成小菜和便利商店便當湊合。

「剛剛謝謝你啊，我完全沒發現……上面寫了什麼啊？」

聽到朝陽這麼問，大翔只是敷衍了過去：「我也沒看清楚。」一入座他馬上大口嚼起漢堡肉：「超好吃的！」

「真的嗎？太好了。」朝陽也笑了。

個性溫和善良的哥哥，是部分男學生經常捉弄的對象。

大翔咬牙暗想，要不是因為對方是學長，絕不可能輕饒他們。在國中裡，不能違抗學長是不成文的規則。

父親終於回家了，他吃著朝陽做的飯菜，心情大好地問大翔：

「大翔，最近狀況怎麼樣？這次田徑大賽有機會得獎嗎？」

「嗯，應該吧……不過你不覺得今天的漢堡肉比平常好吃太多了嗎？」

大翔帶著期待問父親。但父親跟往常一樣，對朝陽做的飯菜一點都沒有興趣，只關心大翔的社團活動。

「比賽時我會去替你加油。短跑一定要贏啊，接力是跑最後一棒嗎？」

「隊裡還有三個三年級學長，怎麼可能是我跑最後一棒啦，我才一年級耶？」

「這跟學年有什麼關係？你的實力貨真價實，將來一定會成為代表日本的選手。」

說著，父親開心地瞇著眼。大翔覺得自己就快忍不住要出口反駁，別開了眼。

（爸根本不懂田徑，自己又沒當過選手。）

在公所上班的父親是個纖細的小個子。從學生時代就埋頭讀書，不擅長運動。

如果說大翔具備田徑選手的資質，那一定是遺傳自母親。母親跟父親是國中同學，到大學為止都是田徑選手。他至今都還無法相信，身體一向健康的母親竟然會病逝。失去母親笑臉的家，就像失去了光芒一樣。

「爸最大的期待就是看到你有出色的表現。」

晚餐後，朝陽一邊洗碗盤一邊說。擦著盤子的大翔緊皺起眉頭。

「他就是對我期待過頭了，像我這種水準的選手多得是啊。」

「沒這回事啦。我覺得你很特別啊，就像一匹長了翅膀的美麗飛馬。」

朝陽這浪漫的比喻惹得大翔噗哧一笑：「什麼啦。」

「……在我眼裡，你暢快奔跑的樣子就是這麼美啊。大家都忍不住屏住呼吸看著你。」

「太誇張了啦。」大翔苦笑著：「最近狀態不好，紀錄也不怎麼樣……」

「該不會是因為個子突然抽高的關係吧？身體的平衡不一樣了？」

「……可能吧。如果是這樣那應該過一陣子就會恢復吧……」

「一定會啦。」朝陽溫柔地拍拍比自己高的弟弟背後，微笑地說：「你沒問題的。」

這天晚上，在廚房找宵夜吃的大翔發現了一本用了很久的手寫食譜筆記。他不太敢正視愛烹飪的母親留下的食譜筆記。

他很怕碰觸到任何會讓他回想起母親的東西。

因為這會讓他連帶回憶起母親過世時盤據心中那些悲傷跟痛苦。

明明是那麼開心、那樣笑容滿面，為什麼偏偏走得這麼早呢？母親、還有這個家，到底做錯了什麼——？

他出神地望著這本食譜，上面還有朝陽加上去的文字。朝陽用插畫和貼紙，裝飾著自己想出的點子和重點提示，頁面看起來熱鬧極了。

筆記裡夾著一張傳單。「國中生烹飪比賽　參加者招募中！」

這是購物中心辦的活動，是全國規模、非常正式的比賽。

「哥……你是不是想參加烹飪比賽？我看到這張了。」

大翔把傳單拿到正在房間念書的哥哥面前，問道。

「沒有啊。」朝陽漲紅了臉否認：「你沒有讓爸看到這個吧？」

大翔立刻知道哥哥為什麼這麼慌張。他擔心父親的反應。

今年春天學校寄來的通知書上，刊載了朝陽他們烹飪社的照片。

「除了你以外都是女的啊！不覺得丟臉嗎？」父親粗聲說。

在那之後父親一直很不高興，不跟朝陽說話，他後來也離開了烹飪社。

在這件事之前，父親也經常因為朝陽很容易被誤認為女孩子的外貌，還有他喜歡下廚跟縫紉、不愛跟人相爭的溫和個性而責備他。

「你就是這樣別人才會捉弄你。要更有男子氣概、更強勢一點！」父親總是這麼說。

他對熱衷田徑的大翔寄予厚望，好像也是出於反動。

「你去參加烹飪比賽啊，一定會得獎的。你做的菜這麼好吃！」

聽了大翔這麼說，朝陽有些羞澀地笑了。他深呼吸了一口氣後說：

「……那……我就試試看吧……我真的很喜歡做菜。」

「是吧？那就應該去參加啊！」大翔繼續說：「你一定會贏的！我覺得老爸到時也會很吃驚，沒想到自己兒子是這麼厲害的廚師。」

隔天，哥哥下定了決心對大翔說：

「我報名烹飪比賽了，我想用原創食譜去挑戰一次。我會好好加油的。」

「要是同一天沒有田徑大賽，我就能去替你加油了。」

「我們兩個都加油吧。雖然分隔兩地，我也會替你加油的。」

「嗯，期待你的好消息。」

（……但如果不成功呢……？萬一朝陽沒得獎呢……）

大翔雖然相信哥哥，但還是消除不了藏在心裡的不安。

在購物中心舉辦的比賽，應該會有很多同一所國中的學生去看吧。

要是沒能得獎，落得只能陪榜的份怎麼辦？

到時一定會成為欺負朝陽那些傢伙絕佳的材料吧。父親也一定會大發雷霆——。

「想確實抓住勝利的，是你吧？」

黃昏時分，在一張不可思議傳單的引導下，他來到了這間雜貨店，五官端正的店主這麼問大翔。在那對聰明的黑眼睛注視之下，大翔稍微紅了臉，答道：

「我……不、其實不是我，我希望我哥哥能夠獲勝。」

「所以你哥哥希望能得獎是嗎？」

「對，應該吧，不、一定是的！」

他當然希望哥哥得獎。因為朝陽一直沒能得到父親的肯定而感到很受傷。

大翔沉默了一陣子。一直從樓木上看著兩人對話的黃銅鳥，顯得焦急難耐，開始蠢蠢欲動。

「為了你哥哥，你得出售自己的回憶。如果你願意的話……」

店主從後方櫥櫃的抽屜裡，取出一條長長的白色帶子，放在販售台上。

「朝陽！朝陽！我拿到一個超厲害的東西！」

一回家，大翔就把【優勝頭帶】遞給人在廚房的朝陽。乍看之下只是一條白色的布，但其實是薄薄的金屬頭帶，上面還有很多黃銅的小齒輪。

「萬一出現其他超厲害的選手也不用擔心，你一定會贏的！」

大翔告訴朝陽那張奇妙的傳單還有黃昏堂的事。

「你應該也聽過關於那間店的傳言吧？我找到了！然後我買了這個回來。只要把這個【優勝頭帶】綁在頭上去挑戰，不管什麼比賽都一定能獲勝。」

相對於大翔的興奮，朝陽的表情看起來卻顯得有點陰鬱。

「假如那間店真的跟傳聞中一樣，那就表示你為了我賣掉了回憶吧？你賣了什麼回憶？」

「這我也不知道。根本沒什麼感覺，而且就算忘掉一些東西也不會怎麼樣啊。」

「……是嗎，謝謝你為我做這些。」

朝陽嘴上道謝，擺出僵硬的笑臉接過頭帶。

（朝陽一定很驚訝吧。不過這麼一來，一切就都能順利了。）

大翔打從心裡覺得鬆了一口氣。

朝陽烹飪比賽舉辦那天，大翔很早就在田徑大賽中慘敗。

他第一次輸掉百米賽跑的預賽。兩百米在終點前失去平衡跌倒，接力賽緊急由三年級替補選手代替大翔上場。

「怎麼會這樣呢！跑成這樣，你不如別再練田徑！」

沮喪地離開運動場來到外面，父親叫住大翔痛罵他。

「……輸掉比賽不甘心的是我，又不是你！」

大翔第一次反抗父親。過去強忍的情緒一口氣爆發：

「不管能不能獲勝，我都會繼續為了自己練田徑！」

他的臉漲紅，粗聲喘著氣。緊握著的手微微顫抖。

「我喜歡跑步，不是為了取悅你而跑。我跟哥活著都不是為了實現你的夢想！為什麼我們不能喜歡跟你不一樣的東西，跟你擁有不一樣的夢想！」

父親說不出話來，呆呆站著，大翔避開他的視線，擠出一段話：

「現在購物中心正在舉辦國中生烹飪比賽。朝陽去參加了。他為了能獲勝，每天都很努力，你一定不知道吧？畢竟朝陽為了我們兩個，每天挖空心思準備美味的飯菜，你也從來都沒看在眼裡。」

大翔就這樣背向父親，跑向烹飪比賽會場。

對父親說了這番激烈言詞的同時，大翔也很後悔自己對朝陽所做的事。

假如自己戴上了那條頭帶贏得田徑大賽，會開心嗎？

不，一定不可能高興的。

朝陽那麼細心製作食譜，隻身加入烹飪社成為社裡唯一男生，每天開心做菜，想靠自己的能力和創意挑戰比賽。但是自己卻忽視了他這些努力。

（我也跟爸一樣。忽略了朝陽的心情，腦子裡只想著贏）

希望他別戴上那條頭帶——。

帶著懇切的願望來到會場的大翔，眼裡看到的是獲勝後正在接受表揚的哥哥。看到他繫著白色長頭帶的背影，大翔感到強烈的衝擊。

台上的朝陽轉過頭來，對觀眾低頭致意，會場的群眾響起一片熱烈掌聲。

發現人牆後的大翔後，朝陽舉起手：「大翔！」

「我贏了！多虧了你的頭帶。」

朝陽來到低著頭的大翔身邊，取下他綁在頭上的頭帶。

「謝謝你借給我這個。抱歉啊，擅自借用了你掛在房間的東西。」

「掛在房間的……？」

大翔一時沒聽懂，抬起頭來看看哥哥的表情。朝陽臉上掛著開朗暢快的笑容。

「這是你去年參加全國小學田徑大賽的接力賽時綁的頭帶。你不是掛在書桌前嗎？希望可以分到一點你當初後來居上、反敗為勝的幸運。」

朝陽遞出的那條白色頭帶上寫著「櫻第二小學、山添大翔」。

「沒有用你特意為我準備的【優勝頭帶】，不好意思啊。」

「……所以你是靠實力獲勝的，太厲害了。不愧是我哥……！」

大翔好不容易擠出這句話。由於太過感動，一股熱意湧上他的喉頭，讓他什麼也說不出來。

他急忙低下頭，想掩飾自己溼潤的眼眶。淚水滴答地落在地面。

「一個大男人，這樣真難看。」大翔用手粗暴地抹去淚水。

「哪裡難看了，你是我最帥氣、最引以為傲的弟弟。」朝陽的大眼睛溫柔地看著弟弟。

「爸的心情我懂。他一定從小就嚮往能成為像大翔這樣的男孩吧。長得高、跑得快，受大家歡迎，可以勇敢表達自己意見，敢對抗那些霸凌的人。自己的兒子跟嚮往的男孩形象一樣，他一定高興得不得了吧。我也是，所以我懂他的心情。」

「……說什麼啦……哪有那麼誇張……很丟臉耶。」

緊繃的心情放鬆之後，淚水怎麼也停不下來。

大翔用手臂擋住了源源不斷的淚水。

回家路上，看著比賽已經結束的田徑競技場，朝陽回憶起往事。

「對了，媽以前說過。爸從國中時代就喜歡上媽了。每次見面，他就會滿臉通紅，所以馬上就被媽發現了。長大後他們兩個人重逢，你猜爸當時對媽說了什麼？」

「說什麼？」

「『跑步時的妳就像一匹長了翅膀的美麗飛馬』。」

大翔忍不住噗哧一聲笑了出來。父親當時跟母親說這些話時，到底是什麼表情呢。

「呵呵呵……」

看到大翔抖動著肩膀笑，朝陽也跟著笑了。

兩人就這樣在路邊抱著肚子大笑。

「以前媽很愛笑呢。」朝陽瞇起眼睛，遙想起過去。

「嗯……她看起來總是很開心。」

大翔想起過世的母親。回憶起一家四口度過的愉快日子，心裡漸漸溫暖了起來。

大翔跟哥哥並肩走著，聊起很多回憶，這時他突然發現。

「我覺得有點奇怪，現在想起從前，只會回想起幸福的回憶，連我自己都覺得驚訝。以前想起媽只會先想起痛苦跟悲傷的事呢。該不會那些回憶在黃昏堂被拿走了吧？」

「可能喔。」朝陽點點頭：「但是忘掉一些事也無所謂啊。看到你這樣，媽一定也比較高興。」

「嗯……」

大翔點點頭，心裡確實也這麼想，他仰望著開始染上美麗黃昏暮色的天空。

那些淡橘色的白雲，讓他想起母親的笑臉。

要想起我們快樂的回憶啊——。的確，如果是母親，應該會這麼說吧。

回到家一打開玄關門，就聞到了晚飯的味道。

他們驚訝地發現廚房裡父親正笨拙地準備著飯菜的背影。

「你們兩個今天那麼努力，一定都很累了吧。」父親沒回頭，悄聲對他們說。

「做菜比我想像得難多了呢。看樣子我得跟朝陽多學學怎麼下廚。」

大翔跟朝陽看了看彼此，彎嘴一笑。

家事精靈

「美加，不好意思啊，妳去乾洗店幫姊姊把制服拿回來。」

母親正忙碌地準備晚餐。

「店快關門了，明天又是星期一，一定得在今天去拿回來才行。」

五年級的美加眼睛沒離開平板電腦畫面，回答道：

「我不要啦。我正在看偶像直播耶。叫她自己去拿不就好了。」

「姊姊正在準備考高中的最後衝刺啊。都是一家人，妳要替姊姊加油啊。」

又是這句台詞。美加皺起臉。

「那可以僱個幫傭啊。我們班惠里菜她們家就請了一個幫忙做家事的幫傭。不管打掃、做菜、還是燙衣服，什麼事都能幫忙呢。」

惠里菜家裡開診所，家境很富裕。美加明明知道自己家裡不可能請傭人，還是故意這麼說。因為看到母親不高興，她就覺得出了一口氣。

「好了好了，那我自己去吧。晚飯得晚一點開飯喔……」

看到表情僵硬正要卸下圍裙的母親，美加大大嘆了一口氣。

「好啦，我去總行了吧。畢竟媽跟姊姊每天都很辛苦對吧？」

辛苦、辛苦。一聽到這兩個字，自己就不得不幫忙。這根本就剝奪了「不幫忙家事的自由」。

美加的不滿即將爆發。父親隻身在外地工作、幾乎不在家，母親忙於工作，優秀的姊姊正在努力準備應考。

（大家都太認真了吧。就不能過得輕鬆開心一點嗎？）

黃昏色的街頭，一張傳單飛到美加腳邊。

「這是【家事精靈】。」

一間奇妙的雜貨店裡，肩上停著黃銅鳥的帥氣男人說道。

販售台上放著一個長了蝙蝠翅膀的黃銅機器人。

大小跟隻小貓差不多，帶著皮革帽子跟黑色護目鏡，還有一個腰包。

機器人仰頭看著美加，偏著頭不知在嘟囔些什麼。

「它正在學習妳的語言。」店主說：「為了能跟妳溝通。」

「所以這是個老舊的機器人？還是個有瑕疵的生物？」

聽到美加不客氣地提問，店主稍微瞇起眼睛，語氣有點挖苦地回答。

「我只能說，都不是。這是一個如果開口就會幫忙做許多身邊大小事的精靈。報酬方面需要在一天結束時給一枚硬幣。等到這腰包裡塞滿硬幣，契約就結束了。」

「這看起來頂多只能放得下三枚硬幣吧？」

「這個化妝包跟外表不同，可以收納很多東西，至於要放幾枚才會滿，那只有精靈才知道。假如關係良好，還可以續約。不過如果對精靈大吼，那麼契約立刻解除，精靈再也不會回來，還請注意。」

這些話聽起來實在太荒唐，但她莫名覺得可以相信。理由是眼前這個店主散發的氣息。他看起來就像絕不會開玩笑的正經人，甚至正經到叫人覺得不舒服。

「我很想要……但是我現在身上只有一千圓。」

這是該付給乾洗店的錢。如果對方答應，她打算馬上買下。

可是店主面不改色地說了更奇怪的話：

「我不收錢。請支付給我妳一部分的回憶。」

離開雜貨店再回頭看，眼前已經什麼都沒有。不管是店門、齒輪，或者招牌。

美加呆站在現場，看著眼前那片小空地，這時突然有個聲音傳進她耳邊。

「需要幫忙嗎？主人。」

她一驚，望向聲音的來源，【家事精靈】正張開翅膀，飄在半空中。

看來剛剛那一切並不是夢，不過卻也遠遠超乎美加的想像。

「幫忙……原來是真的。那你能幫我去乾洗店拿衣服嗎？」

「沒問題，主人！」

下一個瞬間，精靈雙手拿著看起來很沉的紙袋，飛在空中。

「什麼！不會吧!?這不是姊姊的制服嗎！」

這到底是什麼機制？

美加手裡的皮夾，還放了乾洗店的收據跟找零。

精靈把紙袋交給美加時，單手砰砰地拍了拍腰包。

「今天、晚上、請給我、報酬。硬幣、一枚。約好了喔。」

美加太過驚訝，完全說不出話來，只能快速點了點頭。

從那天起，精靈便開始勤快地勞動。打掃、下廚、燙衣服、跑腿。

但是拜託它寫功課，他完全不會，首先聽力好像有點問題。

明明說的是「洗盤子」，它卻拿起盤子開始「吸」。

叫他準備「薑汁豬肉」，卻準備了「醬汁煮肉」。

有一次美加說：「我想吃滑蛋。」它卻直接遞出一顆還沒有打破的白色雞蛋。

「這不是生蛋嗎？」

拿過來一看，蛋殼上畫了很多花。

精靈非常恭敬地說：「這是花蛋，請用。」

雖然有些小問題，但大致來說【家事精靈】還是很方便。因為美加可以躺在沙發或床上一邊吃零食看漫畫，對它作出指示就行了。

「主人、請給我、硬幣。」

麻煩的是它幾乎每天晚上都會來要求報酬。美加隨意敷衍著精靈。

「喔，好啦好啦。之後再一起給你。」

目前為止她只給了三枚十圓硬幣。她希望盡可能不要付錢。

除了不想減少自己的零用錢之外，她更擔心如同店主所說，「腰包裡塞滿硬幣，契約就結束了」。

她想讓精靈一直待在身邊。這麼輕鬆的日子，實在捨不得放棄。

現在她連開關窗簾和電燈、電視，都會讓精靈幫忙。

看到美加一點也不抗拒地答應幫忙家事，母親很高興。

「美加，妳真是幫了大忙，給妳一點零用錢吧。來，這是五百圓。妳不是一直存在存錢筒裡嗎？已經存好幾年了吧。」

「啊？是嗎？我存了很多五百圓硬幣？」

一點印象都沒有。連存錢筒放在哪裡、長什麼樣子形狀她都不知道。

「嗯，在哪裡呢……？啊，對了。叫精靈去找就行了啊。」

她命令拍動著蝙蝠般翅膀正飛在半空中的精靈。

「去把我的五百圓硬幣存錢筒拿來。」

「沒問題，主人！」

精靈立刻不知從哪裡拿來了存錢筒。裡面塞滿了五百圓硬幣。

「哇！真的有耶！我都忘了，有賺到的感覺耶！」

精靈伸出雙手。美加不高興地說。

「不行。這個我絕對不給你。不是說過了之後再一起給你嗎！」

但精靈還是盯著美加看，這讓她非常不耐煩。美加躺在沙發上繼續看動畫，對精靈說：「聲音調大聲一點。」但精靈沒說話，一動也不動。

「怎麼不動呢!?電視！聲音聲音！」她大吼了一聲之後一驚。

「啊！糟了，怎麼吼了它呢……剛、剛剛的不算！」

她連忙想撤回，但已經太遲了。精靈回答。

「好的，主人。電視、音聲、沒問題。」

下一個瞬間，精靈瞬間消失，連同存錢筒一起。

「可惡！明明只是個幫忙家事的，竟敢擅自把我寶貴的錢帶走！」

這時，她突然感到背後一股涼意。膽戰心驚地回望背後。

陰暗電視畫面裡，出現一個「陰森」的鬼魂。

「呀啊啊啊啊——！」

畫面中的陰森幽靈，正朝著慘叫的美加伸出蒼白的手。

隱身蛾

據點前有兩個看似刑警的男人。

「有沒有看過手腕上有刺青的男人？」

看起來不太好惹的年輕刑警正在向附近居民問話。

鮫島「嘖！」地啐了一聲，用袖口遮住手腕上的刺青躲到建築物後。

「又被發現了……都是這些手下太不小心。」

大概是察覺到鮫島的氣息，其中一個刑警轉過頭，瞇著眼打量著這個方向。是個有著犀利視線的資深刑警。看來狀況越來越棘手了。

兩個月前，鮫島本來應該收到一筆大買賣的報酬。

可是他避了一陣子風頭後，其中一個負責保管錢的手下鳴澤卻被捕了。也不知到底發生了什麼事，他竟然因為製造偽鈔的嫌疑被抓，真是難以相信。

另外一個年輕小毛頭英次還跑去自首。說出老巢所在地的應該就是那個傢伙吧。

「不妙，看樣子還是先溜吧。」

老巢裡藏了大量現金，但是為了保護自己的安全，也只好先離開。

錢再偷就有，但要是被抓了，可能到死都出不了監獄。

說不定只有死才有辦法離開監獄。

鮫島犯下的卑劣罪行就是這麼多。

他躲過刑警的視線離開，逃進了已經落入一片黃昏暮色的街頭。

鮫島扯下纏在他腳邊的傳單，正要撕破，卻又停下了手。

「以驚人低價提供不可思議的雜貨，能立刻實現你的心願。僅限一位。【隱身蛾】，可以完全隱藏你的身影，剩下能自由飛翔的意識。」

這張老舊的傳單上，令人驚訝竟接二連三地浮現出文字。他翻過來看了看，但再怎麼檢查都只是一張普通的紙片。

傳單上沒有住址、地圖或者電話號碼。開店時間寫著「黃昏時分」。

鮫島皺起眉，仰望著西邊的天空。血紅色的太陽正在西沉，跟降臨的夜幕混合，讓街景染上一種異樣的色彩。

環顧四周，陰暗巷弄的後方可以看到一扇嵌了大齒輪的銅色大門。霓虹招牌上的文字發出白光，隱約顯現出店名。

（黃昏堂……就是那裡啊……）

看來十分可疑。換作平常，他絕對不會走近。幹盡壞事的鮫島之所以還沒有被抓，正是因為他警戒心格外地重。

但是不知為什麼，那間店強烈地吸引鮫島，讓他無法抗拒。他就像被吸進去一樣，踏進了巷弄深處。那白得發亮的招牌，好比詭異的捕蛾燈。

狹窄昏暗的店裡氣氛相當奇怪。周圍有機械聲隱約作響。

低矮的天花板垂吊著好幾顆發出奇幻光芒的玻璃球。

鮫島仔細地檢查這昏暗店裡有沒有有價值的東西。棲木上停著一隻精巧的黃銅鳥，那發亮的紅色雙眼一定是昂貴的紅寶石吧。

他輕輕伸出手，鳥突然張開翅膀瞪著鮫島，發出嘎嘎叫聲。

「碰那隻鳥你會受傷的，牠脾氣不太好。」

聽到聲音，他猛一抬頭，看到販售台對面站著一個看起來像店主的男人。

他一身捲起袖子的白襯衫和皮圍裙的工匠打扮，圍裙口袋裡插著許多把工具，脖子上掛著奇妙的護目鏡。

「歡迎光臨。是來找【隱身蛾】的客人吧？」

語氣雖然客氣，但眼神卻像冰一樣冷。

鮫島覺得對方似乎有點看不起自己，粗暴地將手抵在販售台上，瞪著店主。

「看樣子你在賣魔法道具。反正也都是些騙人的東西吧？」

鮫島的威嚇絲毫沒有嚇到店主，他回答道：

「這間店裡沒有魔法也沒有騙人的東西，不過我們有很多看起來像魔法的道具。」

店主從身後的貨架取出一個黃銅大箱子，放在販售台上。

「這是【隱身蛾】的套組，才剛修理好。」

裝了齒輪的箱子裡面，放著奇妙的頭部護具。

形狀就像拳擊比賽時會戴的那種護具，不過是金屬材質，上面有幾個齒輪跟計測器，還有很複雜的電線。

側面停著一隻收著翅膀的枯葉色大蛾。

「看起來雖然很像真的，不過這隻蛾是一種精密的機器。戴上頭部護具後按下蛾的身體就可以打開開關，你的意識會轉移到蛾身上。蛾會帶著你的意識自由飛行。你可以從蛾的視角來看世界。」

「意識轉移到蛾身上……」鮫島皺著眉頭望著店主。

他到底在痴人說夢還是信口開河？從店主的表情裡他什麼都讀不出來。

「蛾一飛起來，你的肉體就會連同這個頭部護具一起融入背景中，其他人再也看不見。唯一能辨識的只有這個看起來像螢火蟲般的藍色光點。當蛾停在頭部護具上收起翅膀，意識就會回到肉體，同時別人也能看到你的身體。注意事項有二點。第一是直到意識恢復之前都不可以移動藏身的肉體。第二是蛾的翅膀上會出現代表你的特徵的圖案。」

店主最後還不經意地補充了一句，就像是要結束這一連串難以想像的說明一樣。

「這麼有價值的商品，現在只需要你一天份的回憶，就能到手。」

鮫島凝視著那宛如生物般張開翅膀的蛾，搖搖頭說道：

「……到底是你瘋了、還是我瘋了……」

店主從喉嚨深處發出呵呵笑聲，臉上浮現出挖苦的微笑看著鮫島。

「究竟是誰呢？可能都是吧。不過這商品的功能可是貨真價實。順便說明一下回憶的支付方式吧。」

店主從抽屜裡取出一個約莫棒球大小的無色透明玻璃球，放在販售台上。

「只要閉上眼睛伸手觸摸這顆玻璃球，你一天份的回憶就會進入這裡面，這就是【隱身蛾】的費用。這樣說明夠清楚嗎？」

「……所以說那些玻璃球都是來這裡交換了商品的客人所支付的回憶？」

鮫島用下巴比了比從天花板垂下的幾顆玻璃球。

「沒有錯。」店主點點頭。那態度完全不把人放在眼裡。

雖然聽起來荒唐，但是鮫島覺得試試看也沒有什麼損失。畢竟現在是緊急狀況。

「好，那這個我就要了，就用你說的回憶什麼的來支付吧。」

「謝謝。這是特價商品，一旦出售既不能退貨，也不接受客訴，還請見諒。那麼請摸著這顆玻璃球，閉上眼睛。」

鮫島碰觸的那顆玻璃開始發出混著紅色條紋的黑色光芒。

透過電話巧妙地問出這家人持有的錢財和資訊，然後上門行搶。

這是鮫島最擅長的犯罪招數，不過現在如果打開行動電話就會暴露自己的位置。

他被警察追捕，還來不及回收藏在老巢的錢，在逃亡途中發現了黃昏堂。

假如【隱身蛾】真的有效，那就表示鮫島的氣數還沒盡。

他在距離鎮上很遠的幽暗森林裡，找到一個很適合潛伏的簡陋小屋。

這個小屋看起來已經被棄置好幾年，窗戶破了，到處都是蜘蛛網。

闖進來並不難。他坐在滿是塵埃的地上，打開黃銅箱。

「做得這麼精巧，實在不像騙人的東西……」

鮫島把停在頭部護具上的整隻蛾的身體貼近耳邊。

他聽到些微機械聲，證明了這確實是精密機械。

頭部護具就像特別量身訂製的一樣，尺寸正好。齒輪開始轉動。

他伸手去摸，找到蛾的身體按下，指尖有種柔軟的觸感，也聽到開關開啟的聲音。

一股奇妙的感覺立刻襲來。下一個瞬間。

鮫島低頭看著睜大著眼、一動也不動的自己。

（是我……所以我的意識已經移到蛾身上了……？）

僵直躺在地上的鮫島身體，漸漸跟背景同化。最後只剩下一個螢火蟲般的淡藍色小光點。

（有意思。就算警察追來，這種狀態他們一定也找不到我吧。）

鮫島讓自己變透明的身體就這樣藏在小屋裡，將意識轉移到蛾身上，飛進森林中。

發現簡陋小屋之前，他已經盯上附近一間豪華的獨棟房子。

從大玻璃窗往裡看，可以看見一個感覺個性很固執的中高年屋主。

仔細觀察了一番，他似乎是一個人住。

房屋內外設置了好幾台監視攝影機，玄關還貼了保全公司的貼紙。既然戒備這麼森嚴，就表示一定有可觀的資產。

鮫島嘲笑著監視攝影機，以蛾的姿態從窗戶縫隙潛入屋內。

屋主好像正在跟人通電話，對方應該是自己人。

「不用擔心，我已經強化安全措施了。就算給我幾千萬，我都不會放棄那個寶物，也沒有捐贈給博物館的打算。全都得放在我身邊。」

（寶物？果然沒錯）鮫島在內心竊笑。

既然不喜歡把資產寄放在銀行，那就表示這個屋內藏著保險箱。

蛾自在地在屋裡四處飛，確認監視攝影機和保全系統。

屋裡還有兩隻真正的蛾正在一邊糾纏一邊飛往牆邊的燈光，然後被燙焦落地。住在森林裡的屋主對於常見的蛾根本不會多看兩眼。

（真是買到了好東西。有了這個【隱身蛾】，想怎麼偷東西都不是問題。）

漸漸地，太陽下山，廣大的森林被夜幕包圍。

（再來就只剩下確認保險箱的位置了。）

鮫島跟在拄著拐杖走在走廊上的屋主身後，冷酷地心想，要解決這個老頭子輕而易舉。如果被發現自己的犯行，頂多滅口就是。

屋主並不知道鮫島正在觀察自己，走向了一樓的書房，打開藏在書櫃後的隱藏門。後方有一扇又大又堅固的鐵門。那正是保險箱門。

（哼哼。還真有兩下子，把整個房間都變成保險箱了啊）

屋主的手放在保險箱的轉盤上。鮫島記下了開鎖密碼。

或許是察覺到了什麼，屋主轉過身瞇起眼來。

帶著鮫島意識的蛾暫時停在牆上等待。

屋主打開保險箱鎖，走進鐵門後。

鮫島急著想看寶藏，心癢難耐地跟在屋主身後飛進去。

（是昂貴的寶石？還是高價的藝術品？）

但是門後方的景色完全出乎他意料。

整面牆壁都嵌滿了美麗的彩繪玻璃。

各種不同藍色的玻璃，在燈光反射下發出燦爛耀眼的光芒。

（……不！這是蝴蝶……！）

眼前是許多展開翅膀的美麗蝴蝶。屋主的寶物，就是這些蝴蝶標本。

就在這時，一片白霧籠罩住鮫島眼前。他好像被網子套住了。

「抓到了！就算你擬態成常見的蛾，也逃不過我的眼睛！」

屋主大叫。鮫島被一個很大的捕蟲網抓住，再怎麼掙扎也逃不出去。

「喔喔！……果然是新品種。一張開翅膀就會出現骷髏頭的圖案！」

屋主興奮地盯著【隱身蛾】，然後忽然板起臉。

「你的翅膀圖案讓我想起去年潛入這房子的蒙面強盜。那群壞蛋為了問出錢在哪裡，狠狠打了我一頓，還毀了我好幾個重要標本。」

屋主憤憤咬牙說道，都是因為這樣才落得現在得靠拐杖走路的後遺症。

「我一天都沒忘記過那犯人手腕上的骷髏刺青。」

屋主抓住了蛾，關進蟲籠裡後笑著說。

「這新的收藏一定會變成很棒的標本。」

留下掙扎的蛾，屋主離開了保險箱室。

沉重的鐵門應聲關上，附近包圍在一片可怕的黑暗中。

永久垃圾桶

「唉，該怎麼辦才好呢……。」

鈴在堆滿了東西的公寓房間裡嘆著氣。

為了上大學，她已經從鄉下來到東京半年。在小房間裡開始的獨居生活最困擾的一點就是「沒地方放東西」。

房間裡光是放一張最低限度需要的單人床，空間就變得很侷促。

但是暑假返鄉之後又帶來了更多東西。

因為母親為了跟兄嫂一起住，正在改建老家。鈴已經決定要在東京找工作，家裡不再規劃她的房間。就算留下自己的東西，也無法放太多。

既然要丟，那還不如放上二手網站賣給需要的人，於是拜託哥哥送到自己的

住處。結果現在房間裡塞滿了東西，幾乎沒有立足之地。

她也試圖要整理，但是看到衣服或者小東西就會沉浸在回憶裡，或者開始翻看起以前買的漫畫，只有時間徒然流逝。

這時門鈴響了。「是宅配便嗎？」

鈴穿著成套運動衣也沒化妝就開了門，隨即整個人僵在玄關。

（月……月城！為什麼……!?）

出現在眼前的是鈴暗戀的打工同事，月城。

「妳忘了這個，這個不在身邊應該會很麻煩吧。」高個子的月城把皮夾遞給鈴。

「啊！其實……我根本沒發現……不是啦！麻煩、麻煩、很麻煩！謝謝！」

鈴快速一口氣說完這串話後接過皮夾，不留情地關上門。

整張臉發燙。她覺得超級丟臉，簡直叫人想死。

（他一定看到了……我房間這麼亂……）

「那個、那個，我正在大掃除！不好意思，今天就請你先回去吧！」

「突然跑來不好意思啊。好像反而給妳添麻煩了。」

（不！沒這回事！我超開心的啊！嗚嗚嗚……）

聽著月城下樓的腳步聲，鈴開始詛咒這個捨不得丟東西的自己。

總有一天可能會穿的衣服、可能會用到的小東西、懷念的填充玩具、主題樂園的入場券、零食空罐、小時候收集的漫畫。

這些東西有重要到要把好心特地幫自己送東西過來的月城趕走嗎？

「非丟不可！現在就丟！」

鈴下定決心開始整理，但是幾個小時後，她陷入絕望，知道自己不可能辦到。

「沒一個能丟的……之後一定會後悔的……」

至少希望有能收納衣服的衣櫃。可是那就需要更大的空間。

（多打點工，搬到大一點的房子吧……）

打開手機看徵人訊息，發現一間時薪特別高的餐飲店。雖然覺得有點可疑，但總不能繼續這樣生活在雜物堆裡。

總之先去瞭解一下吧。鈴填寫了應徵表格，按下傳送鍵。

餐飲店馬上就傳來回音，電話那頭的男人聲音有種故作親暱的感覺。電話中決定當天傍晚就去面試，鈴有些猶豫，但還是出了家門。

拖著腳步走在路上時，一張褪色的傳單飛到她腳邊。

「僅限一位！【永久垃圾桶】，不管任何東西，只要丟進垃圾桶就能毫不後悔地處理掉。」

暮色街頭，她出乎意料地馬上找到了黃昏堂。

狹窄昏暗的店內，一個長相不輸演員的超帥高個子店主對鈴說明。

「這個【永久垃圾桶】裡，不管大小任何東西都能丟進去。」

販售台上放著一個圓柱形看起來像垃圾桶的東西。上方是可以自動開關的蓋子，本體周圍有一圈類似莫比斯環的金屬帶。

店主說，垃圾桶開始運作時金屬帶上會發出小藍光。

「但是如果丟進有溼氣的東西就會故障，請特別注意。包括生物，還有廚餘等都要避免。丟進永久垃圾桶裡的東西連同相關的回憶都會消失。還有什麼問題嗎？」

當她的指尖觸碰到店主遞出的透明玻璃球時，鈴覺得好像做了一場不可思議的夢。

離開雜貨店，鈴抱著那個奇妙的金屬垃圾桶。看來這一切並不是在做夢。

「啊！我沒有時間閒晃啊！再不快點就要遲到了。」

快點？去哪裡？她怎麼也回想不起原本的去處跟目的。手邊也沒有留下筆記。

無奈之下只好回到房間，隨手打開電視。螢幕上播映著新聞。

——警方呼籲民眾注意，最近出現以餐飲店高額時薪為誘餌，引誘年輕人犯罪的組織。目前已經有幾個大學生下落不明——。

「真可怕！雖然沒打算找那種高薪的打工，不過以後還是小心一點好。」

鈴一邊看電視，重新開始她的斷捨離。

拿起一件以前曾經很喜歡的衣服。這是她跟要好的朋友一起買的同款式。

她略帶猶豫地接近垃圾桶，輕輕將衣服放進自動開啟的蓋子裡。

蓋子瞬間關上。莫比斯環迅速旋轉，發出藍色亮光。

心裡一點後悔都沒有。或者應該說，根本無從後悔起。

畢竟她根本想不起剛剛丟掉了什麼東西，當然也不會有依戀。

「這就是連同東西回憶一起消除的感覺啊。」

趁著自己還沒開始猶豫，鈴把裝在袋子裡的東西一一丟進垃圾桶。

之前竟然花了那麼久的時間，簡直不敢相信。眼前只剩下最後一個紙箱。

「啊，這個。好懷念啊……」

鈴盯著一個羊毛氈做的三花貓。

這是國中二年級最後一個學期做的，本來想送給同班的內野。內野個子不高，但長得很帥。坐在他隔壁時，鈴總是很開心。就快要放春假了。放學後的教室裡，鈴把羊毛氈做的貓遞給內野。「不介意的話請收下吧。」她漲紅了臉，但說完了之後，對方並沒有反應。

等待回答的時間就像一輩子那麼久。她怯生生地抬起頭，發現內野的表情很明顯地僵硬。他什麼話也沒說，別過眼，沒看鈴跟貓。鈴覺得胸口一陣揪痛。

直到最後，內野的雙手都插在黑色制服口袋裡沒伸出來。

他一定覺得很困擾吧。要是被對方看見自己掉眼淚就更尷尬了，鈴立刻逃離現場。

在那之後不久，內野就轉學了，但是他一直到最後都躲著鈴。

帶給自己這麼不堪回憶的玩偶，為什麼捨不得丟呢？

總覺得這好像是笨拙的自己的化身，忍不住生出憐惜之心。

這羊毛氈三花貓裡，塞滿了自己十四歲的初戀跟淚水。

「再見了……」鈴說道。

她摸了摸貓，閉上眼睛丟進【永久垃圾桶】裡。覺得胸口有些刺痛。

但是再睜開眼睛時，那股心情已經煙消雲散。

看著乾乾淨淨的房間。她不太確定這麼做對不對。

但是不管怎麼樣，那些丟掉的東西也回不來了，永遠回不來了。

晚上結束便利商店的打工走出來，外面正在下雨。

「啊，忘了帶傘。店裡的傘都賣光了，看來只好淋雨回去了。」

她嘆了口氣，正要往前走時，頭上忽然遞來一把傘。是月城。

「我剛好跟妳同方向。」月城說道。

黑色大傘下，鈴努力擺動自己因為緊張而不聽使喚的手腳。

現在的自己看起來一定很像機器人吧，一個有顆快爆炸心臟的機器人。

她知道身高相差很多的月城特別注意不讓自己淋溼。

「你、你個子很高呢……」鈴說話都有點破音了。

鈴拚命祈禱，既然無法正常對話，那至少希望對方不要察覺自己激動的心跳聲。

「我高中後就突然抽高，之前一直是班上最矮的。」

之後月城沉默了一陣子，然後下定決心般繼續說：

「我想跟妳分享一件往事，可以嗎？」月城語帶猶豫地問。

「嗯，可以啊，如果你願意說的話。」鈴因為太過緊張，說話的音調變得很奇怪。

「國中時我有點憤世嫉俗。因為當時父母親離婚，家裡狀況很多。在這種時候從出生開始就一直陪著我的貓又死了，我心情很低落。」

月城說，就在他快升上國三時。

「我轉學不久前，坐在隔壁的女生做了一個貓玩偶給我。她回想著我給她看過的照片，很認真地做了那個玩偶。她對我說：『不好意思，做得有點醜，但是希望你看了這隻貓可以開心地笑。』我當時感動到說不出話。」

月城說到這裡停了下來，耳邊只聽得到雨滴有節奏打在傘面上的聲音。

「我覺得一開口眼淚就會掉下來，死命地忍著。我別過頭，不想讓對方看到我眼睛裡的淚水，結果那個女孩就跑走了。……在那之後我因為太過在意對方，不知道該怎麼跟她相處，兩個人變得很生疏。」

看到鈴一直靜靜聽著，月城有點緊張地問：

「那是妳吧？妳都沒什麼變，我一眼就認出來了。在打工的店裡碰巧遇到妳，我真的很驚訝。真沒想到可以這樣重逢，我……」

鈴看著自己被雨打溼的腳，打斷了月城。

「你認錯人了，我國二的時候班上沒有叫月城的男生。」

「搬家後我母親再婚，所以我改了姓。」

「我不記得什麼貓的玩偶了，也不記得送過男生禮物……」

月城表情複雜地看著鈴。眼睛裡明顯寫著失望。

「……是嗎。那是我誤會了，不好意思。這傘給妳，我家就在那邊。」

鈴呆呆注視著雨中在陰暗路上跑遠的月城背影。

國二最後一學期，坐在隔壁桌的是誰？回憶好像籠罩了一層濃霧，怎麼也想不起來。

胸口好像開了一個大洞。

一種沒來由的失落感，讓她忍不住掉下眼淚。

總覺得回憶像被蟲蛀了一樣，殘破不堪，鈴哭了一整個晚上。

不知不覺中天漸漸泛白，朝陽從窗簾縫隙間照了進來。

她從床上起身的那個瞬間，還在掉眼淚。

「啊……原來眼淚可以這樣無止盡地掉啊。」

她正想把擦過淚水跟鼻水的衛生紙再丟進垃圾桶，發現蓋子打不開了。【永久垃圾桶】的藍色燈光消失，紅色的錯誤警示符號正在閃爍。

「啊！不能丟有溼氣的東西進去！」

她撬開蓋子，有點擔心地看了看桶子裡，發現塞了一大堆東西。

就好像在窺探一個通往異次元的洞穴一樣，感到一陣暈眩。

鈴把桶子倒過來搖了搖，東西源源不斷地跑出來。房間裡轉眼間就被各種東西塞滿。

「啊……我竟然那麼愛惜地保存了這麼多東西……」

丟掉的東西回來的同時，跟物件相關的回憶也跟著回來了。

可能因為已經丟過一次、心情很冷靜的關係吧，再次檢視這些東西，她知道大部分都是不必要的東西。不過其中也有幾個讓她慶幸「找回來真好！」的東西。

「要是什麼都捨不得丟，只會讓真正重要的東西埋沒在垃圾裡。」

她決定只留下真正重要的東西。跟回憶有關的東西拍下照片，留在日記裡。

做好這個決定之後，房間整理得異常順利。

「啊，這個貓……」

她發現了羊毛氈的三花貓，輕輕拿起。

國二時那段酸楚的回憶。跟初戀的內野重逢讓她百感交集。

「把一切都告訴月城吧，告訴他我為什麼忘了那天的事。」

如果是他，一定會一邊點頭一邊聽自己說起黃昏堂跟奇妙垃圾桶的故事吧。她有這個預感。

假如告訴月城，這個羊毛氈的貓玩偶自己一直沒捨得丟，他會是什麼表情呢？

「希望能讓月城露出笑臉……」

鈴看著貓，微笑了起來。

走馬糖

看了看公寓郵箱，他心想，果然如此。

裡面有一個收件人寫著周平的信封。寄件人是中央綜合醫院。

兩星期前，周平去醫院接受了精密檢查。

護理師說，如果檢查結果發現需要緊急處理，院方會盡快聯絡。周平說自己沒有行動電話，請醫院郵寄通知。

因為收入不多，為了節省電話費，他才剛把行動電話解約。

他身體不舒服已經很長一段時間了。大概因為一直強撐著身體工作，他一天比一天瘦。

妻子楓很擔心：「算我求你，去醫院看看吧。」

她鼓勵周平：「去讓醫院證明你身體很健康吧。」但檢查結果卻背叛了他們。

（也不只這次，我從結婚開始就一直在背叛楓的期待……）

周平是個沒有名氣的搞笑藝人。關西的大學中輟、來東京時跟楓結了婚。

雖然短暫走紅過一陣子但是沒能乘勝追擊，只是徒長了十二年的資歷。

現在靠便利商店的夜班和超市商品上架等打工來勉強維持生計。

因為搞笑藝人的工作機會有時會無預警地出現，得找能靈活運用時間的工作才行。

楓一直替他打氣：「大家只是還沒發現到你真正的才能而已！你一定會紅的！」但是最近周平能表演的舞台只有小兒科病房。為了住院的兒童，他接下了表演志工的工作。

在那裡他偶遇了在醫材廠商工作的朋友。

那是高中時曾經組成搭擋，一起站上文化祭舞台的倉重。

也是曾經一起暢談搞笑藝人夢想的夥伴。

但是現在倉重卻用同情的眼光看著在小兒科病房準備舞台的周平。

「你該不會還在追夢吧？生活一定很辛苦吧？楓過得怎麼樣？」

「喔，很好啊。不過跟我結婚之後日子過得很窮啦。哈哈……」

倉重一身西裝筆挺的耀眼姿態，讓他更加討厭自己。

高中時，周平和倉重兩個人都喜歡楓。

假如當初楓選擇了倉重，或許就不會有這麼辛苦的人生了吧？

女兒杏才四歲，自己卻罹患了重病，真是不中用。

為了所愛的兩個人，周平能做的只有逗笑她們而已。

要是看到自己生了重病痛苦的樣子，一定會給她們的笑容蒙上陰影吧。

該怎麼辦才好？到底應該怎麼做？

在那之後，周平已經煩惱了兩個多星期，最後他終於做出一個答案。

那間奇妙雜貨店的店主，彷彿事先知道周平要來一樣。

他從後方貨架取出一個小罐子放在周平面前：「這是【走馬糖】。」

圓柱型的黃銅罐，就像放在手掌心上的旋轉木馬。

機械結構的馬和優美馬車慢慢地在罐子周圍轉圈。

「把這罐子裡的糖含在嘴裡，讓糖慢慢融化。在糖融化消失期間，就能看到你心愛對象的樣子。」

走馬糖——。周平小聲在嘴裡重覆著。

他想像著，這應該是死前回憶在腦中盤旋的「走馬燈」。

店主用那對令人聯想到夜晚的黑色眼睛看著周平。

「【走馬糖】讓你看到的不是過去，是對方未來的樣子。」

「……未來的樣子……？」

這確實是周平現在最想知道的。店主點點頭，繼續說道。

「但是只有在滿足『一定條件』的人身上才會出現效果。那就是死……」

死。這個字讓他瞭解了一切，周平打斷了店主。

「請給我這個糖，我想我應該滿足這個條件。」

但是一聽說必須支付一部分的回憶來換取商品，周平又猶豫了。

「……我不想忘記跟老婆、女兒的任何回憶。」

「要拿走什麼回憶必須由我決定，如果你同意的話……。」

店主在販售台上放了一顆透明玻璃球。

隔天晚上。

周平替外出工作的楓用心準備了飯菜後對杏說。

「媽媽回來之前，要不要跟爸爸一起去遊樂園？是晚上的遊樂園喔。」

「真的嗎？太好了！耶！」那可愛的笑容跟楓就像一個模子印出來的。

那是一間又舊又小的遊樂園，離公寓不遠。周平騎自行車載著杏，在月亮開始照亮街道的夜晚慢慢前行。他花光身上所有的錢買了夜間通票。

人影三三兩兩的夜間遊樂園裡，可以看到一座旋轉木馬。

雕刻得極美的馬和馬車，在光線照映下顯得奇幻無比。

「哇，好漂亮喔！我要搭公主的馬車！」

杏開心地衝向旋轉木馬。

她現在已經可以跑得這麼快了。最近唱歌跟畫畫也都進步得驚人。

女兒搭上優美的馬車，向自己揮著手，周平也擠出笑容對她揮揮手。

隨著溫潤的風琴音色，旋轉木馬開始慢慢轉動。

周平從口袋裡取出小小的黃銅罐，打開圓錐型的蓋子。

裡面只放了一顆像玉一樣透明的糖果。

那顆糖就像一個小小的雪花球，在光線照射下可以看到亮晶晶的粉雪飛舞。

含在嘴裡，一股微微的甘甜，他覺得自己不安的心漸漸地平靜。

接著，周平眼前開始出現不可思議的影像。

旋轉木馬每轉一圈，杏就會長大一點。

周平驚訝地屏住了氣息，盯著女兒不斷變化的身影。

一個天真無邪的孩子，逐漸變成表情生動的活潑小少女。

這大概是小學一年級左右吧，她臉上有著開朗燦爛的笑容。

杏的長相還看得出一點幼時的樣子，慢慢長大。

應該是國中生左右吧？表情有點憂鬱，一定是到了青春期吧。

即使姿態和表情逐漸成熟，也一樣看得出那就是杏沒有錯。

當旋轉木馬緩慢停下時，杏已經長成一個有對聰慧眼睛的美麗女性。她燦然一笑，對周平揮手。

確認心愛女兒的未來充滿幸福後，周平這才真正放下心。

既然杏能有這麼幸福的笑臉，那楓一定也很幸福吧——。

不知不覺中，【走馬糖】已經在嘴裡融化，杏又回到小孩的樣子。周平抱起從旋轉木馬下來、笑著奔向自己的心愛女兒。

「很開心吧？真是太好了，接下來想玩什麼？」

距離自己離開還有一點時間。在那之前，他希望盡量多給女兒一些回憶。

就在這時，背後傳來了妻子的聲音。他訝異地轉過頭。

「你果然在這裡。我就知道你一定又來看旋轉木馬了。」

大概因為匆忙跑過來的關係，停下腳步的楓正大口大口喘著氣。

周平心裡一陣慌，無言地看著妻子。

他本來打算送杏回家後，就此消失在兩個人面前。

「……妳怎麼知道我在這裡？我應該沒說要去哪裡吧……」

楓走過來，停在周平面前。

「因為你只要心情不好，一定會來這裡啊。不管是輸了比賽、常態節目演出被換成其他藝人、現場演出的酬勞被倒帳的時候都是。所以如果聽到你說想看晚上的旋轉木馬，就得特別小心了。」

「我嗎？我經常到這裡來？」

他完全不記得了。難道換取【走馬糖】時，被拿走的就是這段回憶？

滿眶淚水模糊了楓的眼睛。

「我看到你在整理行李才發現你打算一個人離開。可是我因為太害怕，不敢問你原因。到底發生了什麼事，讓你這麼想不開？是因為工作？還是因為我？」

「是工作啦。我最近一直很煩惱。所以想一個人試著從頭開始……」

「騙人！」楓生氣地說：「周平，你不可能這樣不顧粉絲。我跟杏是你的頭號粉絲，要把我們丟下，一定有更嚴重的事對吧？拜託你，跟我說真話吧。」

楓這麼聰明，不可能再瞞過她了。周平低下頭，終於開了口：

「醫院的檢查結果寄來了。之前他們說過，如果有緊急狀況會來信聯絡。我應該活不長了。我不希望妳們最後印象中的我是受到病痛折磨的樣子。不能再因為我，給妳們帶來痛苦了。」

「這就是原因嗎？真的只有這樣？」

周平輕輕點頭。於是楓拿出一個折起來的信封。

「醫院寄來的通知，是指這個吧？你根本還沒有打開啊。」

「不開我也知道。」他太害怕，不敢開封。

「你什麼時候從搞笑藝人變成有透視能力的魔術師了？打開看看啊。」

楓硬是把信封塞到他手裡，周平終於下定決心。

緊張到僵硬的指尖，打開了綜合醫院寄來的信。

他忍不住出聲：「咦……？」裡面放了他從沒想像過的東西。

「是照片跟信……」

有穿著病人服孩子們的照片，以及好幾封信。

照片是周平去小兒科病房表演時拍的。孩子們都很開心地笑著。這是病房護理師特地寄給周平的。

「大家都笑得好開心！」「真的很有趣！請務必再來！」

他感到深深的強烈感動。孩子們寄來的信被他低落的淚水打溼。

「你看吧？我就說你有能逗大家發笑的天分啊。這些孩子都笑翻了。」

「嗯。爸爸，最好笑了！」杏也用力點點頭這麼說。

楓盯著周平的眼睛落下淚水。

「你覺得家裡如果沒有你，我跟杏還笑得出來嗎？」

「對不起，讓妳擔心了，真的很抱歉……但是只要我繼續追逐當藝人的夢，就會讓妳們跟著我吃苦。這真的讓我很難受。」

「你就是一直這樣鑽牛角尖身體才會搞壞的。還有，你打工也太多了。看到你低落的表情，連我也會跟著心情不好，開始擔心未來不知道會怎麼樣。但是我知道，以後一定沒問題的。」

說著，楓從包包裡取出一個黃銅罐。

「我拿到一種叫【走馬糖】的糖。這是在一間叫黃昏堂的奇妙雜貨店裡買到的。聽說這種糖可以讓我看見心愛的人未來的樣子。我看見杏的未來了。」

「妳也是？」周平擔心起楓：「我也在幾天前拿到一樣的東西。但是【走馬糖】不是只對快死的人才有效果嗎？」

「是嗎？店主不是這樣說的啊。他對我說，這可以讓死心放棄所有希望的人，看見所愛的人的未來。我覺得這一定是為了鼓勵那些人，讓他們知道還有這麼美好的未來在等著。」

「……這樣嗎。都怪我沒有好好聽到最後……」

周平呆呆地喃喃自語。自己也太冒失了。那封以為是重病通知的信也一樣是自己的誤解。這一個多月以來都沒有特別聯絡，那就表示檢查結果應該沒問題吧？這麼一想說來也奇怪，忽然覺得自己精力十足。

「杏的未來好像很幸福呢。所以我確信自己選的這條路沒有錯。杏很幸福，就表示我跟你都很幸福，這代表你沒有選錯路不是嗎？你最喜歡的搞笑，千萬不要放棄啊！」

楓看著眼眶溼潤的周平，溫柔地微笑。周平心口一熱。

「嗯！我會努力的。我一定會爭氣。誰叫我是楓跟杏最愛的偶像呢。」

牽起最愛妻子的手，周平心裡充滿了幹勁跟希望。

「我也要牽手！」

杏拉起兩人的手，開心地笑了。

戀愛種子

打從骨子裡愛慕虛榮的亞弓，因為衝擊太大，幾乎停止了呼吸三分鐘。

「……啊啊～。太帥太萌了～……就好像我本命偶像變立體了……！」

那少年背靠長凳的纖瘦身體，大口粗聲喘著氣。他緊閉的眼皮之美，還有那小巧微張的嘴唇之精緻，都叫人嘆為觀止。

亞弓跟朋友去遊樂園玩。看到一個連二次元都要自嘆弗如的美少年從巨大迷宮「鏡屋」搖搖晃晃地走出來。

「啊！不是看呆的時候！你還好嗎？不介意的話這個你拿去吧！」

她遞出自己剛剛在自動販賣機買的冰涼寶特瓶。

「……謝謝……差點……走不出迷宮了……」

美少年半睜雙眼，從長長睫毛下看著亞弓。

「當然會迷路啊！聽說那迷宮超複雜，很多人都中途放棄了呢！」

亞弓太過緊張，說話也不自覺地快了起來。這大概是夢吧？她捏了捏自己的臉頰。很痛。

在那之後過了幾週。那個魅惑亞弓的美少年竟然轉學到班上，對她來說真是不得了的大事。

他叫綾小路樹，跟亞弓同班，而且就坐在她前面的座位。

（我所有的運氣大概都用在這上面了吧……）

整個午休時間，她都直盯著他的背影看，亞弓終於鼓起勇氣和樹說話。

「啊，妳是那時候請我喝飲料的人吧？哈哈，這種重逢感覺好像漫畫情節喔。」

樹蒼白臉上浮現著羞赧的笑，亞弓的臉部肌肉頓時放鬆。

樹屬於那種呆萌可愛的類型。任何人跟他說話，他都很親切地應對，很快就出現了一群粉絲。短短兩個月，樹已經成了校內最受歡迎的人。

亞弓很緊張。假如對象是二次元也就罷了，但樹應該是人類。要是再這樣漫不經心，他可能會跟學校權力位階上層那種更有行動力的女生交往。

（不！我絕對無法忍受！）

那該怎麼辦呢？怎麼才能讓他成為自己的男朋友？怎麼樣才能化不可能為可能？

「這時候就得去找黃昏堂！」

上次費盡千辛萬苦，結果只拿到了毛毛蟲，自己當然有這個權利。

「很少有人能來到我們店裡兩次。應該是傳單出了什麼錯吧……」

黃昏堂的俊美店主看著亞弓的臉，嘆了口氣。連黃銅鳥都一臉不悅地嘆了口氣。她向來喜歡帥氣憂鬱的臉，也就姑且接受，但是區區一隻鳥有什麼好嘆氣的！

「我這次可不想拿到像【報恩預約券】那種騙人的東西。」
聽到亞弓的話，店主挑起單邊眉毛。他輕輕搖頭再次嘆了氣。
店主看來極不情願地在販售台上放了一個新商品。
一個畫有箭射穿愛心圖案的黃銅小盒子裡，放著一顆紅心巧克力。
「這跟我最愛吃的那種堅果巧克力很像耶，跟外面賣的不一樣嗎？」
「不一樣，這是【戀愛種子】，吃了之後就會強烈地愛上第一眼看到的人。但是已經在戀愛的人吃了也不會有效果。」
亞弓交抱著雙臂，回想著關於樹的事。他看起來不像有交往對象的樣子。他的交往範圍雖廣但是並不深，總給人一種難以捉摸的感覺。現在應該還來得及。
「我買這個！拿回憶跟你交換就行了吧？」
「第二次來的客人，要用上次來店的回憶支付。另外一個條件是，離開這間店時要在妳手背貼上【霧中貼紙】。」

店主再次提醒亞弓：「本店再也不接受客訴。」然後將透明玻璃球放在販售台上。

交易成立後，亞弓一走出店外，立刻被一片濃霧包圍。

在霧中摸索，終於走出來時，亞弓手上的【霧中貼紙】也同時消失。

亞弓完全想不起在哪裡、怎麼找到黃昏堂的。

「好！這僅有一顆的【戀愛種子】，一定要讓樹吃下去。」

而且一定要亞弓出現在他眼前時才行。

就在她苦思方法時，機會來臨了。班上決定在放學後分組製作小組學習資料。組別是依照座位順序大致分的，亞弓當然被分配到跟樹一組。

亞弓給小組每個人都買了愛心堅果巧克力。

學校裡其實禁止吃零食，但是也有人偷偷帶糖果或口香糖來。

終於等到放學後的小組學習時間。

亞弓看準了樹以外的學生去圖書室找資料的時間，在大家桌上各放了一顆巧克力。

接著她回到自己座位，隔著桌子對眼前的樹遞出【戀愛種子】。

「綾小路，聽說你很愛吃巧克力對吧？要不要吃這個。很好吃喔。」

樹臉上立刻綻放光彩：「哇，太開心了！」

他馬上在竊笑的亞弓面前打開巧克力的包裝紙。

亞弓用盡全力克制自己想笑的心情。她已經準備好接受告白了。

樹開心地嚼著巧克力。可以聽到他咬碎堅果的清脆聲音。

樹陶醉地閉上眼睛，嚥了口口水後低聲說道：

「啊～又甜又好吃……我已經忍了好久，還是忍不住吃了……」

接著他「呼～」地嘆了口氣，迅速從書桌裡拿出一個手鏡。

「我真的很愛吃堅果巧克力，可是一吃馬上會長痘痘呢。」

樹看著鏡中的自己。看了、他看了。……他就這樣一直凝視著自己。

「糟了！不行！樹、不可以看你自己！」

亞弓發現自己失敗時，一切都太遲了。

盯著鏡子的樹，完全是陷入愛河的眼神。亞弓詛咒起自己的大意。

「總覺得好像讀過這種故事……納西……納西瑟斯？」

一個戀上自己映在水中姿態的美少年，忘記是在神話還是漫畫裡讀過的故事。

亞弓深深嘆了一口氣，這時她發現放在自己桌上的巧克力，叫了一聲：

「啊。」

「這不是【戀愛種子】嗎！剛剛太緊張，拿錯了啊！」

但這時亞弓偏著頭心想。

「所以剛剛樹吃的只是普通的堅果巧克力吧？」

那為什麼他那麼專注地沉迷在自己鏡子裡的影像裡？

那激動溼潤的眼眶和漲紅的臉頰，還有看來痛苦淒楚的嘆息。

好像在哪裡看過樹這種表情……

「啊！遊樂園的那個遊樂設施！鏡屋！鏡之迷宮！」
亞弓突然知道為什麼樹遲遲出不了鏡之迷宮。
她回想著俊美店主說的話。
——但是已經在戀愛的人吃了也不會有效果——
「原來是這樣啊……」
亞弓全身虛脫無力，幾乎要從椅子上滑下來。

助聽氣

一輛紅色機車停在路邊，老面孔的郵差叫著省三。

聲音被機車引擎音蓋住，聽不太清楚。

省三擦擦汗，從田裡站起身來，他把手放在耳後，看著郵差。

「辛苦啦。不好意思，能不能再說一遍？」

郵差點點頭，搭配身體動作大聲清楚地說。

「省三先生有你的信，要拿去給你嗎？還是丟進郵箱？」

「我過去拿，也正好想休息一下。」

「田裡打理得很勤快嘛，看來玉米大豐收呢。」

郵差把明信片交給省三，佩服地看著他院子裡的家庭菜園。

「我孫女她們最愛吃了。今年天氣一直很不錯，看來西瓜應該會很甜呢。」
郵差體貼地提醒：「天氣很熱，小心別太勉強了啊。」
最近村裡已經走了好幾位老人家。
目送郵差的機車離開，省三坐在老房子的簷廊下嘆著氣低喃道：
「都已經這個年紀了，什麼時候走都不奇怪了啊。」
妻子七年前已經先走一步，之後他一直一個人生活。
省三戴上老花眼鏡，讀起手邊的明信片。是孫女寫來的。
「爺爺，今年我也會去玩喔。好期待玉米跟西瓜喔！」
省三還不太會使用行動電話，孫女總是用明信片跟他聯絡。
「八月十日啊，還有兩星期。在那之前得去買助聽器才行……」
平常並不覺得不方便，但如果聽不見可愛孫女的聲音那可不行。
聽說城裡什麼都買得到，省三想著只要進了城，應該可以買到適合自己的助聽器。

幾天後，很久沒到都市裡的省三覺得筋疲力盡。

明明搭電車兩小時就能到，但城裡充滿了櫛比鱗次的建築物還有摩肩擦踵的人潮。也不知大家要去哪裡，每個人都走得很快，為了不擋道，他得費盡力氣避開路人。

以前看過助聽器招牌的地方，現在已經蓋起了高樓。

「這裡到底是什麼地方……」

黃昏街頭，眼前的街景就好像個陌生的異國。

環望四周，正愁不知該怎麼辦的省三腳邊，飛來了一張傳單。

「僅限一位！【助聽氣】，能清楚聽見任何聲音」

「喔喔，真是太巧了。附近好像有間叫黃昏堂的助聽器店。」

省三看了看馬路。狹窄巷弄後方，隱約亮著白光。

那霓虹燈飾的招牌文字發著光，浮現出店名。

「不好意思。請問這裡有賣助聽器嗎？」

省三踏進昏暗的店裡打了聲招呼，不知道店員在不在。與身同高的貨架上，密密麻麻擺著很多奇怪的小東西和看不出用途的道具。

他正陶醉地看著垂吊在低矮天花板下的美麗玻璃球，聽到一個清澈的男人聲音。

「歡迎光臨。您是看了傳單來的吧？」

望向聲音的來源，眼前是一位長相端正的年輕男人，正從販售台後看著省三。

「你好。沒錯，如果有適合我的助聽器，希望可以賣給我……」

省三看到停在店主肩上的黃銅鳥，感嘆地說：

「喔，這隻鳥真是漂亮。」

他忍不住伸出手：「過來。」黃銅鳥愣了半晌，盯著省三看。

接著牠很自然地爬上省三指節嶙峋的手指上。

「真乖。有這麼可愛的孩子陪在身邊，每天一定都很開心吧。」

省三瞇著眼跟黃銅鳥說話，店主打趣地說：

「這隻鳥平常不太親人的，看樣子應該很喜歡您呢。」

接著他又問了省三。

「您是來找【助聽氣】的客人吧？」

「對。能發現那張傳單真是太幸運了，我馬上就需要助聽器。」

黃銅鳥從省三的手指上飛走，回到棲木上收起翅膀。

「我也不確定是幸還是不幸，但是我確實有您想要的東西。」

店主從身後貨架的抽屜，拿出了一個嵌著齒輪的金屬製道具。

「請把這個夾在一邊耳朵後面的軟骨上。這可以把對方的心情化為言語，所以不管什麼聲音都可以清楚地聽到。」

「那個……」省三猶豫地說：「其實我平時不覺得太困擾。只是希望可以清楚聽到每年來家裡玩的孫女聲音。」

「戴上這個，不管任何人的聲音都可以清楚聽到喔。這麼方便的【助聽氣】，現在只需要您短短幾天的回憶，就能得到。」

省三疑惑地看著店主。過了一會兒才回答：

「看來我平時也需要助聽器。請問你剛剛說了什麼？」

這【助聽氣】雖然外型煞有其事，但卻意外地輕，戴起來很舒適。

回程的電車裡，連附近乘客小聲的話聲也都能聽見。

「可能聽得太清楚了一點……」

總覺得像在偷聽別人聊天，感覺很尷尬。

夜深之後，列車抵達山裡的車站，這裡的寧靜讓省三終於鬆了口氣。

在那之後過了十天。

省三從田裡拔了玉米，還把西瓜冰在冰箱裡做好準備。

「時間快到了。開車去接她們吧。」

孫女會在下午三點抵達車站。每年這一天都是固定的行程。

孫女會先搭電車來住，幾天後兒子媳婦再開車來會合。

「省三先生，今年也來接孫女是吧。真是期待呢。」

一到車站，長年熟識的老站員親切地跟他搭話。

「孫女那麼可愛真是羨慕啊。我根本不記得在城裡的兒子上次是什麼時候回來的了。」

「那就表示他日子過得很好啊。我們這裡就只有新鮮空氣跟綠色的自然景色嘛。」

上了年紀之後聊天的內容總是千篇一律，但還是一樣開心。

附近的老人也加入聊天陣容，車站候車室一度像茶館一樣熱鬧。

「啊，快三點了。電車就要到了喔，省三先生。」

聽站員這麼說，他急忙從椅子上站起來。

列車終於停下，一個小女孩在比平時稍多的乘客人潮中下了車。

省三在剪票口探出身子，呼喚著孫女的名字。
「步夏！步夏！」
聽到聲音，女孩表情一亮。
「爺爺！謝謝你來接我！」
步夏身後背著一個大背包，開心地跑上前來。
「姊姊說之後再跟爸媽一起坐車來！」
「喔，這樣啊。妳一個人來這麼遠的地方，真厲害。」
多虧了【助聽氣】，孫女說的話他聽得很清楚。省三不自覺地綻放了笑容。
回家的小卡車上，坐在前座的步夏嘴巴一直沒停過。
她說起學校、朋友、都在工作的父母，還有已經上國中的姊姊。
「姊姊一直把我當小孩子看。我們明明只差三歲啊！」
步夏不滿地噘起嘴。這樣子也很可愛。
「步夏現在幾年級啦？」

「你每年都問一樣的問題，我四年級啦。」

「這樣啊、這樣啊。」

「姊姊暑假要去練習管樂隊，她吹黑管。等我上了國中也要進管樂隊。而且我要吹比姊姊更大的樂器！」

聽到孫女話省三笑著點點頭。

卡車停在家門前，步夏等不及地跑下車。

「爺爺，快點！啊，我好渴喔！」

省三瞇起眼看著孫女，說道：「西瓜我已經冰好了喔。」

跟步夏一起走進廚房，他馬上切開西瓜。

並肩坐在涼風徐徐的簷廊上，兩個人吃起熟透的艷紅西瓜。

「好甜喔！又多汁又好吃！」步夏臉上都是笑。

「再等一下玉米就煮好了。」省三也笑著回她。

就在這時，屋外傳來停車的聲音，省三抬起頭。

「咦？應該不是爸爸他們吧？」步夏偏著頭。

推開院子木門走進來的，是個年輕活潑的女人。

「好久不見啦！收到我的明信片了嗎？」

這個露出開朗笑容的女人，帶著住宿行李跟黑管盒子。

白色T恤胸前印著大學管樂隊的名稱。

「我今年是開車來的。咦？有西瓜耶，家裡有客人嗎？」

省三說不出話來。他靜靜看著坐在身邊的步夏。

乖乖坐著的步夏，抬頭看著省三小聲地說。

「爺爺，那個女生是誰啊？跟千秋姊姊有點像耶。」

只有省三看得見步夏的樣子。

她吃得香甜的西瓜，實際上還很完整。

六年前的今天，步夏返鄉之前遭遇意外不幸身亡。當時她才四年級。

事情發生得很突然，這孩子一定根本還不知道發生了什麼事吧。

步夏的靈魂就這樣繼續搭著電車，跟往年一樣在山裡的車站下了車。

忘了帶行動電話的省三，在他跟步夏的靈魂一起回到家的時候才接到孫女死訊。省三知道孫女的聲音為什麼會聽起來斷斷續續的。

步夏永遠活在十歲，每年過著一樣的夏天。

他從來沒有跟別人說過這件事。因為他知道對方一定會覺得這件事很奇怪、很不可思議。

但是省三知道，確實會有這種事。因為他先走一步的妻子，也曾經跟生前一樣，在這個家裡平靜地生活過一段時間。

直到心愛孫女的靈魂真的得離開為止，省三都打算靜靜地陪伴她。

就像當初送走妻子一樣。

坐在簷廊上的千秋沒注意到妹妹，她對省三說。

「對了，那座車站現在也變成無人車站了呢。」

「什麼？不對啊，怎麼會……」

「我剛去了郵局，問了郵局的人。他們說那個親切的站員已經過世了。還有齊藤奶奶跟石橋爺爺也是……真是越來越冷清了呢……」

不知為什麼，省三想不起長年跟他交情很好的老站員是什麼時候走的。

還有齊藤跟石橋，剛剛不是還在車站的候車室聊天嗎？

這該不會就是支付給黃昏堂的回憶吧？

大家的聲音都非常完整清晰，他一點也沒察覺到異樣。

但是也多虧如此，可以自然地跟大家聊天，他覺得很慶幸。

大家就好像沒發現自己已經死了一樣，閒適地過著日常生活。

「不，一點也不冷清啊。能在這裡跟懷念的回憶一起生活也不錯啊。」

省三摸摸耳朵上戴的【助聽氣】，笑著從簷廊上站起來。

他對微笑仰望著自己的步夏點點頭，也回給她一個微笑。

「好，我去把煮好的玉米拿過來吧。」

步夏和千秋同時眼睛一亮，齊聲笑著說：「太棒了！」

靈異手電筒

看不見的存在，就在你身邊——。

只有自己一個人不知道。

唯乃最害怕這種事了。這一定是「晶晶仙子」的詛咒。

三天前放學後，六年一班教室裡她們四個死黨聚在一起玩晶晶仙子。這是一種跟碟仙一樣的通靈術占卜，但是彩華說不會受到詛咒。

彩華做事很有行動力，也很強勢，可能因為家裡有年紀差距大的姊姊，她總是給人很成熟的感覺。

違抗彩華的意見，就等於會被排除在這個小團體之外。

唯乃很討厭被晶晶仙子說中她暗戀的對象是班上的隼人，但是更討厭的是唯

乃的未來被晶晶仙子預言是「醫院」。

「醫院？也對，唯乃向來體弱多病嘛。」「就是啊，好瘦喔。」「而且又很白。」

被彩華她們這樣一說，唯乃也開始覺得不安。唯乃一直到小學低年級為止，都經常生病。

就在這時，老師走進教室，晶晶仙子突然中止。

從那之後，彩華她們看唯乃的眼神總是像在看什麼令人害怕的東西。

「我總覺得跟唯乃在一起的時候，有種背後發涼的感覺耶。」彩華說。

「有時候覺得唯乃旁邊好像有人在，但是仔細一看又只有她一個人……」惠麻也附和著。

「嗯，我懂我懂……好可怕喔。」連梓也這麼說。

（可能是因為晶晶仙子玩到一半就停下來，浮游的幽靈附在我身上了吧……）

唯乃覺得很害怕。但是那天放學時，她終於知道了真相。

她發現自己忘了東西，回學校去拿，結果聽見彩華笑著跟其他兩個人說。

「妳們表演唯乃被幽靈附身的演技真的很棒耶。再努力一點就可以把唯乃趕走了。我們只要說因為害怕、不想跟她在一起就行了。」

「但是如果她去跟老師告狀怎麼辦？唯乃看起來很害怕的樣子。」惠麻說。

「她怎麼敢跟老師說自己在學校玩被禁止的晶晶仙子結果被幽靈纏上了？唯乃這個人很遲鈍，一定要做到這個程度才行？梓，妳說是吧？」

「啊？嗯，對啊。剛好也該調整畢業旅行的小組人數了……」

「就是啊！一組三個女生三個男生，一定要爭取跟隼人同一組。我已經跟和隼人很要好的翔還有涼真說好了！」

彩華很不高興地皺起臉。

「說她喜歡隼人，真是笑死我了。要不要照照鏡子啊？啊，真是火大！看來只有我們三個人知道的祕密傳閱本，又要寫上一大堆唯乃的壞話了。」

唯乃好像聽到自己的心碎裂的聲音，感覺腳下的世界正在漸漸崩塌。

她不知道自己是怎麼回家的。唯乃把自己關在房間裡哭個不停。

「……我不想去上學了……」

期待很久的畢業旅行。她已經可以想像沒有人要跟自己一組，孤零零站著決定不了去哪一組的樣子。下課時間怎麼辦？換教室時怎麼辦？她很害怕自己被孤立。

但是她也沒辦法繼續跟那三個人在一起。彩華總是那樣說著唯乃的壞話，惠麻和梓也附和著她，並沒有反駁。

唯乃不知道的祕密傳閱本上，到底寫了多惡毒的壞話？

「嗚嗚……嗚嗚嗚……」

她覺得好痛苦好難過，感覺心都要碎了。儘管極力忍耐，還是忍不住哭了出來。唯乃把臉埋在枕頭裡，哭到聲嘶力竭。

傍晚在母親下班之前，唯乃悄悄離開家。因為她擔心母親看到自己的紅眼睛會擔心。得想辦法穩定自己的情緒才行。

（要是我就這樣消失，不知道彩華她們會怎麼想……）

可能會覺得耳根子很清淨吧，或者會覺得跟她們沒有關係。

會有人發現到唯乃的悲傷，譴責彩華她們嗎？

再怎麼擦，淚水都還是不斷湧出，眼前黃昏色的街景也被淚水模糊暈染開了。

就在這時候，她發現一張奇妙的傳單貼在腳邊。

「這是【靈異手電筒】。」

一個應該是店主的男人，把一個附有齒輪的手電筒放在販售台上。

「打開手電筒的側面開關點亮燈，不管一個人對靈異是否敏感，都可以看到鬼魂。只要確實有鬼魂存在的話。」

「……那個……傳單上寫著，心願可以立刻實現。」

低著頭的唯乃抬起頭，勇敢地說。

「我的心願不是看到鬼魂，而是希望自己可以在明天上學之前消失不見。」

「是嗎？」店主冷靜地問唯乃。

「傳單是不會說謊的。我所準備的，應該都是能實現顧客強烈需求的東西。妳希望消失的不是自己，而是其他人吧？」

唯乃心裡一驚。因為她內心深處確實這麼想。

「我……我被朋友欺騙，一直深信有鬼魂存在，心裡一直很害怕。但是我後來知道她們是騙我的……所有朋友都騙了我……所以……」

「妳想報仇，妳希望對方也跟自己一樣感受到恐懼對吧？」

店主看穿了潛藏在唯乃內心的黑暗情緒，明確地說出口。

「運用這個手電筒，應該可以有效地實現妳的願望。」

他看起來並不像在同情、或者在譴責自己。

如果是其他大人，一定會給出不一樣的——正確建議吧。比方說應該透過溝通來解決誤會或感情的落差，把彼此的想法寫在信裡等等。

「我覺得你跟我認識的其他大人不太一樣。」

看到猶豫的唯乃，店主問：「妳決定好了嗎？」臉上露出謎樣的笑容。

那天夜裡，唯乃假裝沒聽到三個人的對話，傳了群組訊息給大家。

——聽說已經搬遷的舊醫院遺址有鬼魂出現耶，妳們知道了嗎？

一開始有反應的果然是彩華。

——那裡好像真的有耶，這靈異景點也太猛了吧。超怕！（笑）

其他兩個人總是會先看彩華怎麼說再做出反應。

——那裡不是禁止進入嗎？好像有好幾個人從屋頂上跳樓。惠麻問。

——我聽說接近醫院就會被地縛靈附身呢。梓說道。

——現在醫院裡應該不能進去。不過建築物附近好像沒有問題。去的人好有勇氣喔。太嚇人了，我不敢去……彩華應該也不敢吧？

唯乃故意挑釁。接下來就只等彩華上鉤了。

——我想去。明天補習班下課後離那邊很近，十分鐘就能到。我只要跟家裡說有特別課程，叫他們晚一個半小時來接我就行了！

惠麻和梓這時候一定很掙扎吧。去是地獄，不去也是地獄。

兩個人沒有輸入文字，而分別傳了「ＯＫ」的貼圖。

——唯乃當然會去吧？畢竟是妳先提的。彩華說。

唯乃故意等了一會兒才回答，表現出猶豫的樣子，然後才簡單地回覆了一個字「嗯」。

隔天。

補習班快下課時，惠麻跟梓明顯有些坐不住。

聽到補習班講師說「今天就上到這邊」時，她們兩個簡直要哭出來了。

「要是害怕，先走也可以，不過能留到最後的人就算獲勝。以後輸的人要一直聽贏的人的話，這就是規則。」

不管任何事都要比個輸贏，總是想些對自己有利的規則，這就是彩華慣用的伎倆。

直到現在惠麻和梓還是對彩華唯命是從，到底還能怎麼更聽話？

唯乃點點頭說「知道了」，沒讓心情顯露在臉上。

她自己也覺得不可思議，心情竟然會這麼鎮定。甚至可以說豁出去了。

四個人無言地走向醫院遺址。街燈微微照著廣大的停車場。

「啊哈哈哈，妳看，一個人都沒有！超好玩的啊！」

彩華大聲地笑，很明顯地是想藉此給自己打氣。

這座來不及拆徐、儼然是廢墟的醫院，散發出非比尋常的詭異氣息。

處處出現裂痕的灰色建築物本身，看起來就像一塊巨大的墓碑。

「我……我……我媽會擔心我的，我還是……」

梓顫抖地這麼說，彩華一聲怒吼：

「妳要先回去嗎？這樣以後妳就得乖乖聽我們其他人的話囉？」

彩華把唯乃手上那把【靈異手電筒】推給梓。

「那妳先去裡面看看。發現什麼跟我們報告完，就可以先走了。」

大概是一心想要快點回家吧。梓點點頭，打開了手電筒開關。

看起來很平常的暖色圓型光線，隔著玻璃窗照向醫院裡。

梓一邊顫抖一邊看，然後「呀！」地一聲，發出幾乎要震破耳膜的尖叫聲。

「有、有、有個女人……！有個臉色蒼白的女人在看這裡！」

梓哭著丟開手電筒，整個人嚇壞地跑走了。

「接下來誰要去確認？」彩華依然在逞強，但是聲音已經有點沙啞。

惠麻靜靜舉起手。她的手不斷在抖動。

彩華把梓放下的【靈異手電筒】交給惠麻。

「好了！快點去裡面看看！要好好跟我報告啊！」

惠麻無言地點點頭，雙腳不聽使喚地走著，她接近玻璃窗。

往醫院裡一看，惠麻瞬間倒吸了一口氣，嚇到腿軟。

「妳看到什麼了!?」彩華逼問趴倒在地的惠麻。「快說妳到底看到什麼！」

「……點……點滴……一個拖著點滴的、男人……」

說到這裡，惠麻終於忍不住放聲大哭。

「好可怕啊！媽！」惠麻搖搖晃晃地逃開。

儘管只有微弱的亮光，還是可以看出彩華已經嚇得一臉鐵青，她雙手緊握著【靈異手電筒】站著，表情相當僵硬。

「唯、唯乃妳也想回去吧？那妳走啊。」

彩華聲音嘶啞地說。但是唯乃凝視著彩華，搖搖頭。

「我不回去。剛剛的規則妳還記得吧？那我先過去囉。」

唯乃一邁開步伐，手裡拿著【靈異手電筒】的彩華急忙跟上來走在她身邊。

醫院旁邊有一座生鏽的鐵製緊急逃生梯。

明明沒有風，卻可以聽到吱嘎作響的金屬摩擦聲。

唯乃別開眼，什麼都不去看，她指向樓梯上。

「聽說那個轉角會有穿著白色衣服的女鬼出現……啊……妳看那裡！」

在唯乃故意煽動下彩華也中了計，反射性地拿起手電筒往上方照。

「呀！哇呀！」

彩華好像看到了什麼。她一邊尖叫一邊連滾帶爬地逃走。

「總算出了一口氣。」唯乃低聲說道。然後長長地嘆了口氣。

這下一切都結束了。復仇，還有之前那種學校生活，都結束了。

她當然一點都不打算讓那三個人聽自己的話。

與其要跟彩華她們在一起，還不如一個人待著。

就在這時候，她發現背後有人，轉身一看，不由得屏住呼吸。

身穿白色衣服的女人，正從緊急逃生梯下來往唯乃這裡走。

「妳在幹什麼？怎麼隨便跑到這種地方來玩呢？快點回去。」

是那個白衣女人。她脖子上掛的名牌上寫著「遠藤響子」這個名字。

她是中央綜合醫院的外科醫師。長髮在腦後綁成一束，戴著眼鏡。

「請問……請問妳在做什麼？」唯乃有些害怕地開口問醫師。

「巡視醫院啊。偶爾會有想不開的人來到我們醫院屋頂，我身上穿著白袍，大家都會老實地聽話。之前也有一個人說反正自己得了重病，日子也不久了。後來好不容易說服了他，讓他回到老婆女兒身邊。」

「啊……該不會後來就變成網上說的白衣女鬼？」

唯乃不小心脫口而出，很快用手摀著嘴。

「原來就是因為這樣，才有那麼多人把這裡當鬼屋用啊。」遠藤醫生說。

「對不起……」唯乃低下頭道歉。

「妳也是嗎？為什麼要這麼做呢？」隔著眼鏡，醫生盯著唯乃看。

唯乃老實地說出原因。她已經不會像昨天那樣哭了。

「原來是這樣啊。」聽完後遠藤醫生說。

「妳不是被朋友背叛，而是被不是朋友的人背叛了。我覺得能夠儘早結束這種緣分是一件好事啊。不過有一件事可以肯定，並不是只有人類可以當朋友。動物、花草都可以是朋友，書本、音樂和繪畫也是朋友。我從小不是人類的朋友就比較多。國中時幾乎都在圖書室跟書本一起打發時間。有很多都非常有意思，讓人想讀好幾遍呢。」

遠藤醫生這番開朗的話，讓唯乃也受到感染，不禁露出微笑。

「那以後下課時間我也去圖書室好了……有些書已經想看很久了。」

「很好啊，這種日子過久了，可能會發生很多改變喔。可以跟一樣喜歡書的人分享感想，或者請圖書管理員介紹其他書。」

「也對，聽起來很有趣呢。」唯乃點點頭，覺得心情輕鬆了不少。

「好了，妳快回去吧。路上很黑，要小心一點。我還要再巡邏一下。」

遠藤醫生給了唯乃一個溫暖的笑容，最後溫柔地說：

「老醫院裡確實留有很多人的意念。但是這裡並不是可怕或者不吉利的地方，而是很多人為了活下來拚命努力的地方。妳的生命也是這樣被守護下來的。

所以以後一定要更加愛惜自己，知道了嗎？唯乃。」

「咦……為什麼知道我的名字？」

唯乃很驚訝，看著遠去的遠藤醫生背影，她倒吸了一口氣。

醫生的腳下是半透明的狀態。

彩華丟下的【靈異手電筒】滾落在地面上。

呈放射狀四散的光，照在離開的遠藤醫生背影上。

唯乃從補習班下課，跟來接她的母親會合。

「媽，我小時候不是動過一場大手術嗎？妳還記得當時的醫生嗎？」

「當然記得，那可是唯乃的救命恩人啊，她叫遠藤響子醫生，是一位很值得信賴，又溫柔又溫暖的醫生。聽說她年紀輕輕，後來突然生病死了。」

果然沒錯。醫生現在依然留在那個地方，幫助受苦的人。

唯乃被遠藤醫生拯救了兩次。以前是身體，現在是心靈。

她暗自發誓，從今以後都不會忘記這件事。

遠藤醫生說得沒錯，醫院不是可怕、不吉利的地方，醫院是象徵生命的地方。

「我……我以後想當醫生。如果好好用功念書，可以當上醫生嗎？」

晶晶仙子占卜時讓自己很不安的「醫院」這個未來暗示。

只要把這個換成自己想積極努力的目標就行了。

「當然啦！唯乃想當什麼都一定可以成功。我會替妳加油的！」

母親揚起嘴角笑了，然後鬆了一口氣般地說：

「唯乃現在的回憶好像比以前和緩多了。妳以前因為一直記得小時候生病受苦時的事，一直很害怕綜合醫院這個地方呢。」

「啊？……嗯，我想不起來了。我有那麼難受嗎？」

一說出口她才發現。原來支付給黃昏堂店主的回憶就是這個啊。

「……我覺得，好像可以克服了。」

唯乃在心中暗道。

加油啊。看看周圍，有那麼多那麼棒的朋友。

只要抬起頭來往前走，一定能看到不一樣的風景。

唯乃把手放在胸前，替自己打氣。

人設畫框

發著橘光的西邊天空，開始慢慢覆上紫色暗影。

巧雙手抱著行李走在喧鬧的街上，他停下腳步盯著天空。

（好快啊。已經過了三年……）

在傳單召喚下踏進的那間奇妙的店。用回憶交換到了不可思議的道具，還有那謎樣的店主。

能不能再去一次那間店呢——。巧想了想後搖搖頭。

那是一輩子可能僅有一次的奇蹟。再也不可能找到那間店了。

就在這時候。巧倒吸了一口氣。他看到停在行道樹樹枝上的金屬色小鳥。

跟灰椋鳥差不多大的美麗金屬鳥。

那隻鳥在黃昏色不可思議的光線中，用紅色寶石的眼睛看著巧。

巧仰望著黃銅鳥，忘了眨眼。

鳥發出吱嘎啼聲，展翅飛走。

他急忙追在後面，哐噹一聲，一個金屬片掉在地面。

他撿起那根像藝術品一樣精細的羽毛，喃喃說道。

「聽說黃昏堂會出現在這個地方，原來是真的啊……」

要把雪白的東西弄髒很簡單。只需要不留情地丟進泥濘中就可以了。

有個男孩出生在接近大港的老街。

嬰兒在骯髒的大人之間瞬間被染黑。

沒有人教他分辨善惡。他是個從小就難以管束的壞孩子，從來不知道反省。

小學開始就因為粗暴的言行舉止讓大人避之唯恐不及，上國中時已經是公認的標準不良少年。

遲到早退自然不用說，上課時會把兩腳放在桌上打瞌睡，直呼老師的名字，完全不遵守校規等等所有規則。不只學校裡認真的學生，就連愛耍狠的學長姐也害怕少年，老師坦白地說：「真希望他能退學。」資深生活輔導員被少年一瞪就會感到害怕，臉色大變。

漸漸地，少年的名字無人不知，還曾經引發驚動警察上門的糾紛。

「那傢伙總有一天會變得更壞。要是跟他扯上關係可能連自己都會遭殃。」

大人小孩都很害怕少年，再也沒有人敢接近他。

國中三年級的秋天，少年的班導身體不佳停職了。

代課的年輕教師懷抱教育的理想，自願擔任少年的班導。他雖然經驗還淺，但沒有其他教師提出異議。

年輕教師很快就去少年家裡家庭訪問，看到他惡劣的家庭環境，訝異地說不出話來。

父親很暴力、母親漠不關心。附近居民都緊皺眉頭偷偷表示：「上樑不正下樑歪啦。」少年現在已經不知去向的哥哥姊姊聽說也素行不良。

年輕教師態度誠懇，但是卻被少年的父母親惡狠狠趕了回去。

在一旁看著的少年表情冰冷地說：

「我一生下來就註定是要走歹路，沒人能改變我的命運。」

在這樣的黃昏時分，少年發現一隻眼睛如紅色寶石般閃耀的黃銅鳥。

那隻鳥鼓起翅膀，威嚇地看著少年，飛向狹窄的巷弄裡。

應該是機械做的鳥吧。平常對這種東西，他不可能有興趣。

不過那個時候也不知道為什麼，他很想知道這隻鳥要飛去哪裡。

因為他從鳥那威嚇的視線中，感受到對少年的強烈憎惡。

他覺得很奇怪，那隻機械鳥該不會想挑戰自己。

追在鳥身後的少年在巷弄裡找到了一間奇妙的店。

嵌著大齒輪的門，發著白光的文字浮現出店名。

盯著黃昏堂這幾個字，腳邊飄來一張傳單。

「只要使用這個，你人生的齒輪就能往其他方向轉動。」

昏暗的店裡，一個看似店主、容貌端正的男人這麼說。

「這是【人設畫框】，可以戲劇性地改變別人對你的印象。」

販售台上放著一個再怎麼看都只像金屬畫框的東西。

畫框裡面沒有放繪畫也沒有放照片，是個大約三十公分見方的單純畫框。

其中一邊有像拉霸機一樣的轉輪，正在慢慢轉動。

「模範生畫框」、「帥哥畫框」、「秀才畫框」、「運動員畫框」——。

脖子上掛著護目鏡、態度冷淡的店主繼續說明：

「把畫框從頭套下、掛在脖子上，用這個調整轉輪選擇狀態。按下旁邊的藍色按鈕決定，之後就無法變更了。『畫框』會變透明，看不見也摸不著，可是效果馬上就會顯現，之後還會持續。期間到……」

少年打斷店主的話，用力踢向販售台。

「胡說八道！你把我當笨蛋嗎！」

「我無法把你當笨蛋，也無法把你當天才。」

店主面無懼色地這麼說，嘲諷地看向少年。

「我介紹了可以改變印象的道具，這是你現在最想要的東西。」

「我想要的？你少在那邊亂講話！你瞭解我什麼！」

「不是我，是傳單瞭解你。你就是看了傳單才來的吧？」

「才不是看了傳單。是那隻奇怪的鳥先一直瞪我……」

「鳥嗎？」店主顯得有點驚訝，望向棲木上那隻黃銅鳥。「這隻鳥比傳單更早指引你來店裡是嗎？」

黃銅鳥刻意開始整理羽毛，逃避店主的視線。

店主小聲嘆了口氣，微微瞪了鳥一眼，然後將視線拉回少年身上。

「要不要嘗試這個【人設畫框】是你的自由。不過如果什麼都不做，你的人生應該也就這樣了吧。」

「你是來找我吵架的嗎！」

看到少年發起狠來，黃銅鳥張開翅膀撲向他。

「哇！走開啦你！」

尖銳的鳥喙啄向少年的眼睛附近，他受不了，用雙手遮住自己的臉。

「好了！」被店主訓斥後，鳥終於離開少年。

「你也知道吧？他不是你該恨的對象。」

威脅少年的鳥那對紅色眼睛，像烈焰一樣燒得火紅。店主向少年道歉。

「很抱歉，這是治療傷口很有效的細胞再生藥，請拿去用吧。作為賠禮，你可以用自己已經不需要的回憶來交換這個【人設畫框】。只要觸摸這顆玻璃球，交易就算完成。」

這些話聽來實在太不合理，他甚至想不到該怎麼反駁。

不管自己再怎麼威脅或耍狠，冷靜沉著的店主都絲毫不以為意。

少年有生以來第一次遇到讓自己束手無策的對象。

少年拿著【人設畫框】，站在不知不覺中被夜幕籠罩的街頭。

黃昏堂已經不見蹤影。

能證明那奇妙店主和兇暴機械鳥確實存在的，只剩這個畫框。

少年猶豫片刻，抱著姑且一試的心情把畫框從頭套下。

「開關在哪？轉輪怎麼轉不動？」

狀態停在「可愛畫框」上。

一不小心指尖碰到了藍色按鈕，畫框瞬間發出炫目的光。

「哇！」

隨著光線消失，畫框也慢慢變透明。等畫框完全看不見，他也不再感覺到有東西套在身上。分不清這到底是夢還是現實，開始有些不安。

「反正一定是騙人的把戲啦！」

就在少年這樣口出惡言時，身後傳來男人的聲音。轉過頭，有五個看來不太好惹的人。年紀大概快二十歲，但感覺不像念過高中的樣子。

「你要去哪？今天不是應該跟我們一起混嗎？」

可是少年完全不記得眼前這群混混。

「你們是誰？讓開。」

他無視這些人想繼續往前走，但那些混混臉色一變。

「你說什麼？難道你忘記過去我們照顧你的恩情了嗎？」

這群混混包圍著少年。現場氣氛一觸即發，路人都害怕地遠遠圍觀。

五人為首的老大揪住少年前襟。大家心裡都猜想著最糟的狀況。

這時發生了令人驚訝的變化。這個老大突然顯得坐立難安。

「那個……你……你好可愛啊……」

「啊？」少年瞠目結舌地看著那個眼尾下垂的混混。

其他走過來想看看老大狀況的混混，也紛紛說起：「好可愛！」「不會吧，這傢伙怎麼這麼可愛……」「別找他麻煩了，這太可愛了啊……」

這詭異的氣氛彷彿空氣傳染一樣，感染到遠遠圍觀的路人。

「哎呦，怎麼這麼可愛。」「等等，這可愛得太犯規了吧……？」

每當少年出言威脅或者怒吼，就會有人說「好可愛～」「好療癒喔。」實在太尷尬了。總之他隨口丟下一句咒罵，逃離現場。

目前為止的人生中，從來沒發生過這麼荒唐的事。

（這就是那傢伙口中【人設畫框】的效果嗎？）

少年很生氣，不甘受這種屈辱。他氣勢洶洶地想著，一定要找到那個難以捉摸的店主、好好給他一點教訓，可是卻怎麼也找不到黃昏堂。少年無法拿下這個眼睛看不見、也摸不到的「可愛畫框」。

巧抱著大行李，急忙走往黃銅鳥飛去的方向。

微微發亮的西邊天空，已經幾乎被夜幕覆蓋。

「求求你，別消失……」

或許是聽見了巧的祈求，狹窄巷弄深處，出現了那道嵌著大齒輪的門。

「找到了……！黃昏堂……！」

巧輕輕推開門。他很害怕，擔心下一個瞬間，這裡就會消失不見。

滿是齒輪的狹窄店內，響遍了微弱的機械聲跟奇妙的時鐘聲音。

店裡有個五官端正的年輕男人。黃昏堂的店主正用工具修理著附有小齒輪的機械，他移開眼睛前方那個羅盤形狀的護目鏡，用黑色眼睛看著巧。

「喔？這次真的不靠傳單就找到了呢。以你的時間來計算應該有三年不見了吧？現在個子都快跟我差不多高了呢。」

「我一直很想見你，不斷祈禱能再見到你。」

巧放下手上的大行李，直盯著高個子的店主。

「我很恨你。那麼多人看著我說可愛，再也沒有比這更屈辱的事了。我一直很想把你找出來，讓你知道我的憤怒。」

「那麼，要在這裡宣洩你的憤恨嗎？」店主平靜地反問。

巧安靜了一會兒，搖搖頭。

「不，我想讓你知道，後來發生了什麼事。」

被「可愛畫框」框住的少年巧感到相當煩躁。

當他聽到之前只會用汙言穢語對自己怒吼的父母親說出「你這傢伙真可愛」時，整個人都呆掉了，感覺過去的人生都被否定了。

巧就此金盆洗手，應該說不得不放棄。因為不管他做什麼，別人都會微笑地對他說「好可愛」「好療癒」，人人都很溫柔地對待他，這叫他怎麼繼續逞凶鬥狠？

起初滿心不情願的巧，對於接受別人的笑臉、善意、溫柔也漸漸沒有了抗拒。原本尖銳帶刺的心慢慢變得柔和。

過了差不多一年左右，巧的眼裡看到的世界跟以前已經大不相同。

因為他打從心裡覺得故意傷害人、被人傷害，實在是太蠢了。

靜下心來看看這個世界，會發現還有很多很愉快、很有意思的事。

巧開始一邊上高中一邊工作。

國中的班導那位年輕老師很有耐心地輔導他。

說不定人生可以靠自己改變。

巧腦子裡開始出現這個想法。

「我現在還是繼續半工半讀。今天剛結束在這附近的工作。」

巧這麼對黃昏堂的店主說，打開放在地上的大包包，取出一個灰色的人偶裝。黃色鳥嘴和逗趣的圓眼睛，雙手張開就是一對大翅膀。

「這是吉祥物帕納鶇。是我以一隻個性很差的黃銅鳥為模特兒發想出的角色。」

店主噗哧一笑，黃銅鳥不高興地叫了一聲，拍著翅膀。

「最近在社群上很受歡迎。大家都說很可愛、好喜歡。看到帕納鶇的人都會面帶笑容。多虧了【人設畫框】，孩子們都很開心。如果從小就笑口常開，這些孩子的人生應該會過得不錯吧？對嗎？」

「我也這麼認為。這套人偶裝很適合你。」

出乎意料地，店主臉上掛著很溫柔的笑。

「這都多虧了你，我打從心裡感謝你。」

巧向店主道謝，從口袋裡輕輕取出一根羽毛遞給黃銅鳥。

「這是你掉的東西，很漂亮的羽毛。當時謝謝你帶我來這裡。」

黃銅鳥侷促地動著身體。巧對店主和黃銅鳥說：

「我想以後應該不會再見了，不過我一輩子都不會忘記你們的。」

帶著裝了人偶裝的大行李，他一邊推門一邊回望。

「我問你，其實畫框的轉輪一開始就被固定住了對吧？」

「誰知道呢？」店主開心地說。

「有件事我要告訴你。【人設畫框】的效果只有一年，你現在這麼受歡迎，靠的都是你自己的魅力。」

巧訝異地凝視著店主。開朗的笑容漸漸在臉上漾開。
他對店主點點頭，離開了黃昏堂。

黃銅鳥

是過去，還是未來？

那是一個非常蕭條冷清的地區。

彷彿時間靜止，就此衰頹的一條街。

乾燥的風吹過化為廢墟的建築物之間。

坐在骯髒巷弄裡的人，個個都眼神空虛地望著天，彷彿不帶一絲希望。路上幾乎不見人影，會窩在這裡的只有那些目露凶光的小混混。

這是一個貧富差距越來越嚴重，完全分化為兩極的社會。

住在都市中心的富裕階層受到庇護，但貧困階級卻完全被犧牲。兩者互不往來，也幾乎從來沒直接看過彼此的世界。

一個少年將生鏽的腳踏車停在有著大片塗鴉的建築物旁。

年紀大約十二歲左右，身材削瘦、衣服也很簡陋，不過那對黑色大眼睛裡卻潛藏著生命的力量。被風吹過的紅髮就像在灰色街景中亮起的一叢小火焰。

少年正想用鐵鍊將自行車鎖在螺旋外梯上，突然停下動作。他看見三樓的門打開，走出一個全身黑裝的詭異男人。

少年丟下自行車，躲在建築物後，他屏息等待那個高個子男人離開。

他偷偷看了一眼走過他附近的男人。

男人的帽簷寬大，側臉長得很像奇怪的鳥。

目送男人消失在巷弄深處，少年急忙奔上樓。

推開吱嘎作響的鐵門，一個年輕女人表情木然地坐在椅子上。

「姊……！」少年奔向女人身邊，輕輕抓住她的手臂搖了搖。

「妳還好嗎？那傢伙該不會是來買妳回憶的吧？」

少年的姊姊看到少年像是突然清醒一樣，擠出僵硬不自然的笑臉。

「沒有，那個人沒有想要我的回憶啊。」

「妳看得到他的心嗎？看得到死神的心？」

大他六歲的姊姊是擅長讀懂人心的占卜師，但是那個戴著冰冷鳥面具的男人，再怎麼想都不太可能具備能被讀取的人心。

這個城市裡出現了一個戴鳥面具的男人，到處尋求願意出售回憶的人。越是貧窮的人回憶越能賣出高價，可是賣出所有回憶的人，就會成為沒有情感的行屍走肉。這就是為什麼那個戴鳥面具的男人會被稱為「死神」。

「那他為什麼來找妳？」

這時，少年發現牆上掛著一件白色蕾絲禮服。

那是姊姊一直很嚮往的美麗婚紗。

姊姊有個已經訂好婚約的戀人，不久後兩人即將舉行一場小小的婚禮。

在這個貧窮的地方依然留有婚禮要穿婚紗的習俗，不過跟少年相依為命的姊姊不太可能買得起婚紗。

姊姊的戀人是個善良誠實的青年，但生活一樣過得很清苦。

「這是哪來的？」少年皺起眉問姊姊。

「……是一個認識的人讓給我的。這是我自己買的，你不用擔心。」

家裡沒多少錢。也沒有能交換禮服的值錢東西。

姊姊的表情就像失去了什麼一樣，呆呆望著窗外。

起霧的玻璃窗外，是染上橙橘色光線的夕暮街景。

「對了……黃昏堂……！」

少年一驚，嘴裡喃喃唸道。這個地方還有另一個在收購回憶的人。

少年腦中浮現出那間奇妙的雜貨店還有謎樣的年輕人。

「妳賣了一部分的回憶，買下這件婚紗嗎？」

姊姊遲疑半晌後一點頭，少年立刻衝出家門。

用力推開嵌有齒輪那道門，少年衝進店裡便破口大罵。

「喂，你這傢伙！把回憶還給我姊姊！竟敢騙人！」

充斥著齒輪的奇妙店面後方，一頭半長黑髮的年輕男人抬起頭來。

黃昏堂店主把奇妙形狀的護目鏡往額頭推，望著少年。

「怎麼又是你？我看你對我們店裡的東西挺感興趣的嘛。」

他手上拿著的是一個有奇妙光芒盤旋其中的玻璃球。

身穿白色襯衫繫著褐色皮圍裙的店主，冷靜地對少年說：

「這裡雖然有大量回憶，但每一個都是顧客為了交換店內商品而支付的代價，沒有一個回憶是我騙來的。」

少年抬頭看著低矮的天花板。上面掛著好幾顆五顏六色的玻璃球，每一顆都發出奇幻的光芒。少年的視線從玻璃球上移開，瞪著店主。

「少裝蒜了！我知道姊姊經常來這裡。你盯上了我姊姊，用婚紗騙走了她的回憶對吧！」

「你姊姊來這裡是為了工作。為了修理製作招攬客人傳單的機器，我需要優秀占卜師的建議。」

「姊姊的占卜並不完美，她也不能預測自己跟自己愛的人的未來。」

「她是位很好的占卜師。她告訴我，我即將會面對很大的變化。」

店主輕聲笑了。

「我送了一份禮物，足以讓她還有未婚夫跟你三個人可以搬到稍微好一點的地方。」

少年心想，姊姊最近看起來好像有什麼開心的祕密，原來是因為這樣啊。

再過不久就是少年的生日，她可能打算給自己一個驚喜吧。

「所以那件婚紗不是用她的回憶交換來的？」

「不。她確實把回憶賣給我了，大概一個小時前吧。」

店主指向販售台上一個黃銅像是蠟燭燈座的東西。

在金屬指針上慢慢旋轉的玻璃球，正在發出淡粉紅色的光芒。

店主制止忍不住要伸出手的少年，嚴厲地說：「別碰！」

「萬一破掉回憶就會飛散。剛完成的回憶球很脆弱不穩定。直到完全乾燥之前，都無法取出回憶。就算只有這個大小，等到完全乾燥也得花不少時間。」

「你都拿走什麼樣的回憶？」少年挑釁地問：「你的回答決定我要不要原諒你。到時我會把你揍得七葷八素，讓你在這裡再也待不下去！」

聽到少年勇猛的發言，店主微微一笑。似乎覺得這孩子很有意思。

「你的英勇事蹟我都聽說了，好像一個人跟街上的混混對峙過是嗎？」

「那些傢伙只是欺負弱者的人渣。這個地方本來就已經很苦了，還這樣給大家惹麻煩。」

少年皺起臉忿忿地說：

「為了搶奪微薄的金錢或食物去攻擊別人，連小孩老人都不放過。」

「原來如此。我可以買下你跟那些人渣勇猛奮戰的回憶喔，或者是你拚命保護姊姊免受差點被拿刀混混綁架的那段回憶。」

店主抬了抬下巴，指向門旁邊那輛黃銅製機車。

「我可以讓你那輛破自行車，變成沒有燃料、不用踩也能前進的交通工具。」

「我才不要。誰會相信這間店裡的奇怪道具啊。反正一定是騙人的。我可不會相信這種可疑的魔法！」

「我也不相信什麼魔法，可是有些尖端科學技術也會被稱為魔法。」

「尖端科學技術……」少年喃喃唸道，看著漂浮起來開始旋轉的回憶球。

「你姊姊拿到的是【回憶禮服】。不管經過多少年，只要穿上，就能重現婚禮當天的樣子。作為交換的是未婚夫第一次對她告白那天的回憶。她可能會發愣一陣子，不過沒什麼大礙。」

少年紅著臉大叫：「那、那回憶很重要啊！還來！」

「那麼重要的回憶只要缺少其中一部分，就會減損你姊姊美麗回憶的價值。」店主用他冷靜的黑色眼睛看著少年。

「最昂貴的東西，是完美又美麗的回憶。生長在貧苦環境中，跟弟弟一起努力生活的美麗女孩，即將要跟心愛的人共結連理。一定有人對這樣的回憶夢寐以求吧？也有人會對不惜重金的顧客，用殘忍的手段來奪取這種回憶。有些置身絕頂幸福的人，某一天會突然失去回憶、成為廢人。而且並非出於自己的意志。最近經常聽說這種駭人的事件。」

少年很驚訝，他用質疑的眼光盯著眼前的店主。

「你的意思是說，你故意拿走姊姊一部分回憶？為了避免她成為那些竊取回憶的壞人的目標？」

店主什麼也沒有回答。少年將手撐在販售台上，抬頭看著店主，問道：

「你告訴我。為什麼會有人想要其他人的回憶？而且還是像我們這種什麼都沒有的窮人的回憶。那些人不是什麼東西都能到手嗎？他們不是有那些跟魔法一樣的科學技術嗎？」

「想要回憶的富人，就像這隻美麗的鳥一樣。」

店主看向放在貨架上的黃銅鳥，上面有燦爛的紅色寶石。

「在集結了科學和技術精華的美麗堡壘中，他們過著無上富足、安全的生活。沒有疾病、沒有危險，本來應該充滿幸福的漫長人生。但是他們的心卻像這隻鳥一樣，空空洞洞。為了填補空虛的心靈，他們渴望追求真正的回憶。」

店主的眼睛一暗，彷彿正看著很遠的地方。

「有人不惜代價想要回憶、有人想出售回憶換取生命延續。幸運和不幸的界線很模糊。就像位於白天跟黑夜交界的黃昏時分一樣。」

店主看著靜靜聽他說話的少年說道：

「外面天都黑了呢。關店時間到了，你回去吧。」

「喔。嗯。……那個……」

少年不知道該不該為了姊姊的事向他道謝，猶豫著沒開口。

他只說了句：「我下次再來看看你這些道具。」就推開黃昏堂沉重的門。

幾乎沒有街燈的路上，已經在不知不覺中被夜幕籠罩。

「你也要小心。」店主的聲音傳來：「有些回憶獵人是不擇手段的。」

少年回到家，屋子裡一片漆黑，安靜到嚇人。

「姊？」

習慣黑暗之後，他看見牆壁垂下一塊柔軟的白布。

生鏽的小刀刺在那件白色婚紗上。是那些混混的刀。

他直覺姊姊一定出事了，拔腿衝出門外跑下樓。

以前那群混混綁架姊姊，該不會就是為了想賣她的回憶吧？

戴鳥面具的男人應該是看穿了黃昏堂店主已經拿走姊姊一部分回憶，才會什麼都沒做就離開。可是那群混混並不知道這些事。他們一定一心以為姊姊的回憶可以賣到高價，再度找上門來。

他奮力騎著自行車，奔向混混們經常聚集的後巷。

一彎進黑暗的巷弄，車輪就被一個看不見的東西絆倒。他發現地上拉起繩子時已經太遲了，來不及收回衝力的少年連人帶車用力撞在牆上。

往後倒的少年在漸漸模糊的意識中，仰望著包圍自己的混混們。

「你姊姊的回憶因為不完整根本賣不出去，我們決定改賣你的回憶。聽說像你這種正直過活的傢伙很有價值呢。」

也不知是誰笑了一聲，另一個蹲下的人在少年耳邊冷冷輕聲說：

「別擔心，我們還沒有動你姊姊，只是把她當成誘捕你的誘餌而已。失去心愛弟弟的悲傷回憶，將來又能賣到好價錢。你們活在這個世界上，就是為了提供那些有錢人慰藉啊……」

他逐漸聽不見混混的聲音，意識越飄越遠。眼前是一片比夜更黑的暗影。

少年眼中湧現後悔的眼淚，沿著臉頰滴落。

千萬別奪走我的回憶，少年在最後深切地祈求。

一個男人來到黃昏堂。一身黑外套、黑帽、手套，臉上戴著詭異的鳥面具。品味雖然不怎麼樣，但每個配件都是必需品。

住在無菌狀態的都市區，如果沒有穿好完整的防護衣就無法前往其他地區。

戴鳥面具的男人對正在擦拭小玻璃球的店主說：

「真漂亮的回憶球。這是商品嗎？」

「喔，是你啊。」店主停了手，答道：「還沒，這只是半成品。」

「你做的回憶球之美沒有人能比得上，大家都伸長了脖子苦苦等待著。如果能製作出收藏一個人所有人生軌跡的回憶球，有些客人不管多少錢都會願意付的。」

「很少有機會能做出那種回憶球，如果拿到，我再賣給你。」

店主回答時並沒有停下擦拭玻璃球的手。戴鳥面具的男人壓低聲音說：

「你的逮捕令出來了，罪名是違法帶走都市區物品、在外販售。」

「看來我完全被盯上了呢。」店主嘲諷地笑了。

「你也知道，我只是修理一些廢棄的破銅爛鐵來賣而已。其實只是因為我拿走了一部分回憶，減損了某些人想要的回憶價值，所以覺得我礙眼了吧？」

「純粹又完整的回憶價格，是難以想像的天價。你等於是跟那些富人……也就是跟當權者為敵啊。」

「我成了剝奪他們娛樂的大惡人是嗎？交易回憶的黑市商人越來越多了呢。」

「畢竟那是這個汙濁世界裡唯一的娛樂啊。」戴鳥面具的男人說。

「……你來製作那個少年的回憶球交給我吧。這麼一來我就可以在官員面前幫你說幾句好話。」

「真可惜。」店主說：「你應該也知道已經來不及了吧？那個少年被街頭混混打成重傷，早在回憶移到玻璃球之前就斷氣了。帶著純粹心靈拚命生活的少年，他短暫的一生應該會成為非常珍貴的回憶球吧？真的很遺憾。」

戴鳥面具的男人發出低沉的嘆息聲。

「你只剩下幾小時的時間，傍晚就會強制執行搜索。你未來不是永遠失去自由，就是失去生命。」

「逃也沒用啊。看來我也走到窮途末路了。」

「如果你可以跟這間店一起消失的話……」

「我修理的這些沒用的破銅爛鐵，怎麼可能有這種能力呢。」

戴鳥面具的男人把一個黃銅懷錶放在販售台上。

「這是還在開發中的【時空時計】。可以瞬間在好幾層不同時空中移動。」

「為什麼要這樣幫我？」店主停下手，看著戴鳥面具的男人。

「因為我知道你的價值。失去會製作美麗回憶球的人，實在太可惜了。」

戴鳥面具的男人離開前回頭對他說：

「……我並不知道你真正的罪狀。小心追捕的人。那個少年的姊姊就交給我吧。代價就是你接下來製作的回憶球。」

店主揚起嘴角稍微笑了笑：

「要是有機會交給你就好了。」

男人離開後，店主從後方貨架取出黃銅鳥。

打開鳥胸前的鉸鏈，將一顆打磨得美麗無比的緋紅色玻璃球輕輕放入。成為鳥心臟的回憶球像脈動一樣發著光，鳥彷彿獲得生命一樣站了起來。

黃銅鳥在販售台上拍起金屬翅膀，抖了抖身體。

「雖然是用特別道具倉促完成的，不過回憶很完整。我想你應該不太滿意，不過現在就先委屈一下待在這身體裡吧。不用擔心你姊姊。總有一天也一定會找回你的身體。」

聽到店主的話，黃銅鳥的眼睛閃耀著紅色光芒。

紫色暗影逐漸覆蓋上西方天空中閃耀的橘色光芒。

穿上黑色外套正在做旅行準備的店主，關上嵌有大齒輪的店門。

打開皮製行李箱後，眼前的雜貨店瞬間被吸入。

黃銅鳥拍著翅膀盤旋，停在提行李箱的店主肩上。

「真的打算跟我一起逃亡嗎？目的地很遠喔。」

鳥嘎然一叫，對拿著【時空時計】的店主輕輕點了頭。

下一個瞬間。

店主和黃銅鳥的身影雙雙消失在黃昏色的光芒中。

後話

EPILOGUE

——對了。我看到一隻很噁心的蛾耶。張開翅膀後會出現骷髏頭的圖案。

——那什麼啊？真嚇人。你在哪裡看到的？

——蝴蝶博物館的特別展示室。

——標本吧？我不太喜歡。

——不，是活的。被活生生關在玻璃櫃裡……

——別說了，聽了都發抖了。（笑）

——我昨天也看到很奇怪的東西。一隻看起來好像活的金屬鳥。在黃昏街頭飛得很低。前面是一個穿黑外套的高個子男人……

——你們現在是在玩幻想比賽嗎？（笑）

——我投金屬鳥一票。（笑）

——真的啦！男人一打開皮製行李箱，那個地方就會出現一間不可思議的店。我跟那個男人對上眼了。他眼睛黑得就像黑夜一樣……

——那……該不會是黃昏堂的店主吧……？

——黃昏堂就是傳說中賣很多能實現心願的奇妙道具那間店？

——聽說不知道在哪裡曾經有人用回憶去交換超可怕的遊戲。

——那只是都市傳說吧？真蠢。

——我好想去喔，真的真的。

——……那間店你是在哪裡看到的？

——嗯，我想一下，我記得是在……是在哪裡呢……

——……快想起來……你在哪裡看到黃昏堂……？

——等一下啦。怎麼有點嚇人。……什麼時候開始多了一個人啊？……多的那個人，是誰？

NEGAI WO KANAERU ZAKKATEN TASOGAREDO ②

Copyright © 2021 by Nao KIRITANI

All rights reserved.

Illustrations by FUSUI

First original Japanese edition published by PHP Institute, Inc., Japan.

Traditional Chinese translation rights arranged with PHP Institute, Inc., Tokyo

in care of Japan UNI Agency, Inc. Tokyo

ISBN 978-626-396-073-2

Printed in Taiwan.

心想事成雜貨店 黃昏堂2【黃銅鳥】／桐谷直文；詹慕如譯. -- 初版. --
臺北市：時報文化出版企業股份有限公司, 2024.04-

208 面；14.8×21公分

ISBN 978-626-396-073-2（第2冊：平裝）--

861.596　　　　113003593

心想事成雜貨店 黃昏堂 2【黃銅鳥】

作者　桐谷直｜插畫　FUSUI｜編輯製作　株式会社 童夢｜內文設計　根本綾子（Karon）｜譯者　詹慕如｜主編　王衣卉｜行銷主任　王綾翊｜校對　陳怡璇｜裝幀設計　倪旻鋒｜排版　唯翔工作室｜總編輯　梁芳春｜董事長　趙政岷｜出版者　時報文化出版企業股份有限公司　108019 台北市和平西路三段240 號　發行專線—(02)2306-6842　讀者服務專線—0800-231-705・(02)2304-7103　讀者服務傳真—(02)2304-6858　郵撥—19344724 時報文化出版公司　信箱—10899 台北華江郵局第 99 信箱　時報悅讀網—http://www.readingtimes.com.tw｜電子郵件信箱—yoho@readingtimes.com.tw｜法律顧問　理律法律事務所　陳長文律師、李念祖律師｜印刷 勁達印刷有限公司｜初版一刷　2024 年 3 月 29 日｜初版二刷　2024 年 8 月 28 日｜定價 新台幣三〇〇元｜版權所有　翻印必究（缺頁或破損的書，請寄回更換）

時報文化出版公司成立於一九七五年，並於一九九九年股票上櫃公開發行。
於二〇〇八年脫離中時集團非屬旺中，以「尊重智慧與創意的文化事業」為信念。

作者簡介

桐谷直

新潟縣出身。以兒童書或學習參考書為主，廣泛撰寫各領域作品。特別擅長不可思議的風格和神祕故事，在熱門系列《結局你一定會大叫「怎麼可能！》（PHP研究所）中收錄了許多極短篇跟短篇。本作《心想事成雜貨店 黃昏堂》是作者首部連作短篇集。

插畫簡介

FUSUI

插畫家。作品有《又藍又痛又脆》（角川）、《藍色起跑線》（POPLAR社）等，曾經手許多書籍的裝幀與插畫。具有豐富細節的鮮活背景，光與透明感、空氣感等，獨特的筆觸為其特徵。

官網：http://fusuigraphics.tumblr.com

譯者簡介

詹慕如

自由口筆譯工作者。譯作多數為文學小說、人文作品，並從事各領域之同步、逐步口譯。

臉書專頁：譯窩豐 www.facebook.com/interjptw